AF190093

Überschneidung

zweier unterschiedlicher Welten

ISBN 9783746018560

Fata Morgana

Siana war nicht bereit, sich ihre Gartendekoration für den Futuros Wettbewerb nochmals klauen zu lassen. Diesmal würde sie genau Acht geben, wer ihre Wohnung betrat! Und vor allem zu welchem hinterlistigen Zweck! Die Arbeit eines ganzen Triniums beim Teufel, nur weil sie so blauäugig war und diesen Schmeichler Korant zu sich eingeladen hatte!

Sie war immer noch auf sich selbst zornig, wenn sie an das Desaster bei der Vorstellung der eingereichten Arbeiten dachte. Warum hatte sie nicht bemerkt, dass dieser Schuft nur hinter ihrem Entwurf her war? Jedem und jeder anderen wären seine charmant vorgebrachten Komplimente nur verdächtig gewesen.

Ihr natürlich nicht! Blindlings war sie in ihr Verderben gelaufen. Auch wenn sie den Wettbewerb nicht gewonnen hätte, womit sie sowieso nicht wirklich ernsthaft gerechnet hatte, so wäre sie bestimmt unter die ersten drei gereiht worden.

Und das hätte ihr zweifellos einerseits eine nicht zu verachtende Prämie, sowie andererseits ein beachtliches Renommee eingebracht. Und nicht eine so sehr peinliche Niederlage, wonach sie mit Spott und Hohn verlacht worden war!

Korant, dieser miese Angeber, der unfähig war, selbst irgendwelche vernünftige Arbeiten zu entwerfen, hatte sogar gewonnen! Schande über ihn und seine Machenschaften!

Ihr neuer Entwurf, welcher ihr so unglaublich viel Mut abverlangt hatte. Dass sie nach dem Ausschluss überhaupt nochmals eine Einreichung in Erwägung gezogen hatte, daran durfte sie gar nicht erst denken. Aber sie hatte diese Entscheidung nun einmal getroffen. Sie besah sich ihn kurz und schob das fahrbare Transporttischchen, auf welchem sie ihn aufgebaut hatte, in das kaum benutzte kleine Zimmer neben ihrem Schlafzimmer.

Eigentlich war dieses Zimmer ursprünglich als ihre Garderobe gedacht gewesen, aber sie hatte sich zu guter Letzt dafür entschieden, ihre Kleidung in einem Schrank ihres Schlafzimmers zu verwahren. Wozu ein ganzes Zimmer für einige wenige Kleidungsstücke vergeuden? Dieses Zimmer, eigentlich war es ja nur ein Zimmerchen, konnte sicherlich besser genutzt werden. Aber im Augenblick war es für ihren neuen Entwurf gerade richtig, da es ausschließlich durch ihr Schlafzimmer betreten werden konnte und auch kein eigenes Fenster besaß!

* ~ * ~ *

Falls es irgendjemanden interessiert: Heute mache ich blau! Es reicht mir, jeden Tag wiederum nur die gedankenlosen Fehler meiner Schüler auszubessern! Okay, es war nicht jeden Tag und es waren auch nicht ausschließlich gedankenlose Fehler. Obwohl: So kurz vor dem Schluss der laufenden Ausbildung hatten sie wohl alle ganz anderes im Kopf!

Eigentlich war ich heute von vorne herein missgelaunt zur Schule gegangen. Zudem hatte es gar nichts mit den Schülern zu tun, sondern mit der langjährigen Sekretärin der Direktorin. Diese hatte plötzlich und ohne eine erklärende Vorankündigung ganz plötzlich die Schule verlassen!

Gut, es war abzusehen gewesen, dass sie demnächst heiraten würde und ihren Lebensmittelpunkt selbstverständlich an den Wohnort ihres Mannes, ihres zukünftigen Mannes, verlegen würde. Aber musste das jetzt, genau in der Zeit der Hochsaison für Sommerfestspiele sein?

Die Direktorin, Rotha, die ohnehin völlig genervt von den Vorbereitungen zu den in Kürze startenden Festspielen war, hatte sie händeringend um Hilfe gebeten. Viel konnte sie jedoch kaum tun, erstens war das meiste schon seit geraumer Zeit initiiert und zweitens hatte die Gute den größten Teil der ausständigen Tätigkeiten bereits an andere Stellen weiter gegeben, sodass für mich eigentlich nur noch Kontrolltätigkeiten blieben. Daher ging ich gleich wieder nachhause und beschäftigte mich mit der Gartendekoration.

* ~ * ~ *

Als er nach Hause kam, warf er zuerst sein Sakko auf den nächsten in der Nähe stehenden Sessel. Dann ging er zurück in die Küche, nahm sich ein Flasche Bier aus dem Kühlschrank und setzte sich damit in den kleinen Wintergarten, der an das Wohnzimmer anschloss. Er nahm einen Schluck gleich aus der Flasche, sah dann die Flasche in seiner Hand an und dachte, dass das durchaus nicht seiner Gewohnheit entsprach. Er stellte die Flasche auf den Gartentisch aus Weidengeflecht und drehte sich um, um sich ein Glas aus der Küchenzeile zu holen.

Abrupt verhielt er den Schritt. „Leon, du brauchst Urlaub, wenn du schon am helllichten Tag Gespenster siehst!" Was er gesehen hatte, waren jedoch keine Gespenster, sondern ein fahrbares Tischchen, auf welchem auf einer Art Podest ein wunderschönes Gartenarrangement aufgebaut war. In der Art wie Architekten ihre Bauwerke präsentierten. Nur dass hier keine Bauwerke, sondern lediglich mit Bäumen, Sträuchern und Blumenbeeten bepflanzte Geländeformationen zu sehen waren.

Leon blinzelte einige Male, in der Hoffnung, dass diese Fata Morgana sich in Luft auflösen würde. Diese tat ihm den Gefallen jedoch nicht und blieb hartnäckig an ihrem Platz. Also ging er näher heran um sie besser in Augenschein nehmen zu können. Das Arrangement gefiel ihm ganz außerordentlich. Er versuchte um dieses Tischchen links herum zu gehen, um es auch von der anderen Seite betrachten zu können. Doch zu seiner großen Verblüffung misslang dieses Vorhaben. Und zwar aus dem einfachen Grund, weil er, sobald er die Seitenlinie überschritt, das gesamte Objekt ganz einfach verschwand!

Sofort ging er den letzten Schritt zurück. Und siehe da: Das Objekt stand in voller Größe wieder vor ihm! Nach kurzer Überlegung versuchte er jetzt das Objekt rechts herum zu umgehen. Der Erfolg war der gleiche wie links herum. Da es sich um ein fahrbares Tischchen handelte, versuchte er das Tischchen samt dem darauf befindlichen Arrangement näher zu sich her zu ziehen. Aber wohin er auch griff, er griff ins Leere. Aus lauter Sorge, er könnte etwas davon zerstören, unterließ er den Versuch ‚hindurch zu gehen' und holte sich stattdessen ein Glas für sein Bier.

Die Hoffnung, dass nach seiner Rückkehr aus der Küche der ganze Spuk vorbei wäre, erfüllte sich genau so wenig, wie die Vorfreude auf das Bier. Die Flasche war nämlich leer. Er hatte sie offenbar während seiner Beobachtung gedankenverloren ausgetrunken.

* ~ * ~ *

Als Siana nach der Schule nach Hause kam – sie hatte den ganzen Tag an nichts anderes denken können, als an ihr fertiges Arrangement – hatte sie ein schlechtes Gewissen, da sie ihre Aufmerksamkeit nur sehr schlecht auf ihre schulischen Aufgaben konzentrieren konnte.

Sie beschloss, vorsichtshalber, morgen schon früher zur Schule zu gehen, um vielleicht noch vor ihrem Dienstbeginn Ihre Aufmerksamkeit den bevorstehenden Schulstunden zu widmen und nicht wieder völlig verloren vor ihren Schülern zu agieren. Heute wollte sie jedoch ihren neuesten Entwurf nochmals überprüfen, ob auch wirklich jedes Detail genau so aussah, wie sie es sich vorgestellt hatte. Und natürlich auch, ob die Aufteilung der verschiedenen Elemente ein gefälliges Bild ergaben.

Zuvor wollte sie jedoch noch rasch etwas essen, wusste sie doch, dass sie mit leerem Magen keine guten Einfälle hatte. Also richtete sie zwei Scheiben getrockneten Fisch und einige Stückchen Käse auf einen Teller und begab sich in das kleine Zimmer.

Als sie jedoch sah, was sie dort erblickte, stockte ihr den Atem: Rund um ihr Tischchen standen eine ganze Reihe Sträucher mit riesigen roten, orangen und gelben Blüten! Die waren, als sie das Zimmer zuletzt betreten hatte, ganz sicher noch nicht hier gewesen!

Vorsichtig, man konnte ja nie wissen, näherte sie sich diesen bunten Sträuchern. Als sie jedoch an ihrem Tischchen vorbei war verschwanden die Sträucher auf geheimnisvolle Weise. Sie erschrak erneut und sprang einige Schritte zurück. Augenblicklich waren diese seltsamen und ihr gänzlich fremden Pflanzen wieder um sie herum!

Also, genau genommen nicht um sie herum, sondern nur vor ihr. Jetzt besah sie sich diese Umgebung genauer. Das Zimmer war viel größer als es ihrer Erinnerung nach hätte sein dürfen. Und erst der hintere Teil: Da stand ein kleiner Tisch und ein Sessel, beide aus geflochtenen und lackierten Zweigen. Sie versuchte sich dem Sessel von rückwärts zu nähern. Aber sobald sie näher als zwei Ellen kam verschwand die ganze seltsame Landschaft.

Nun erst betrachtete sie den Hintergrund dieses Zimmers, oder was immer es war, zu welchem diese fremden Gegenstände offenbar gehörten. Da war so etwas wie eine Wand. Sie war durchsichtig und schien keinerlei Stützen zu benötigen. War das etwa Glas? Sie hatte nicht gewusst, dass es möglich war derart große Glasflächen zu erzeugen! Natürlich hatte sie in ihren Fenstern ebenfalls Glas, aber deren Größe war mit zwei Quadragrin schon größer als die der meisten ihrer Freunde.

Die Gegend hinter dieser Glasfront – falls es sich überhaupt um Glas handelte! – schien relativ normal. Da waren zuerst einmal zwei oder drei Bäume, dahinter eine Wiese, oder wenigstens eine freie Fläche. Danach schien es weitere Bauten zu geben. Jedenfalls waren sie zu ebenmäßig um natürlichen Ursprungs zu sein. Sie waren jedoch schon zu weit entfernt, als dass sie sie genauer gesehen hätte, vielleicht so um die vierzig oder auch fünfzig Ellen.

Da von dieser seltsamen Umgebung keine Gefahr auszugehen schien, beschloss sie, diese fremde und unwirkliche Umgebung ganz einfach zu ignorieren und nicht zur Kenntnis nehmen. Das war jedoch leichter gesagt als getan. Denn plötzlich kam da ein Wesen in diese äußerst ungewohnte und seltsame Pflanzenumgebung, ging zum Tisch und setzte sich in den Korbsessel. Sofort zog sie sich etwas zurück um die Szenerie aus der Deckung heraus beobachten zu können.

9

Das wäre an sich nicht weiter bemerkenswert gewesen, hätte es sich um einen normalen Menschen gehandelt, dieses Geschöpf sah hingegen so aus, als wäre es eine Karikatur eines Menschen. Zwar ging es aufrecht auf zwei Beinen, hatte auch zwei Arme und einen Kopf, aber der Torso schien seltsam steif. Als es sich setzte knickte es zwar ein wenig ein, es bereitete ihm jedoch offenbar Probleme, sich bequem hinzusetzen.

Außerdem – und das war zweifellos das ungewöhnlichste! – hatte es nur am oberen Ende des Kopfes ein Fell, der gesamte Rest des Körpers, – jedenfalls soweit sie es sehen konnte – war unbehaart! In was für eine Welt hatte sie da Ausblick? Sie war durchaus aufgeschlossen fremden Rassen gegenüber und hatte keine Vorurteile gegen sie, aber dieses Geschöpf war doch etwas merkwürdig!

* ~ * ~ *

Nachdem er sich eine neue Flasche Bier aus der Küche geholt hatte, nahm er sich noch ein Buch aus dem Regal, das er sich erst kürzlich gekauft hatte und ging zurück in den Wintergarten. Er legte das Buch auf den Tisch, goss sich ein Glas Bier ein und sah noch einmal zu dem seltsamen Objekt, welches da von irgendwoher in seinen Wintergarten ragte. Denn dass es nur hereinragte schien ihm die zutreffendste Feststellung zu sein.

Irgendetwas war anders als zuvor. Da war ein Schatten. Er betrachtete den Hintergrund dieses Objektes genauer. Da war jemand ... Ja, ganz an der Grenze des Bereiches den er einsehen konnte. Es war nicht viel mehr als ein verschwommener Fleck. Der kam dadurch zustande, dass er den oder diejenige, welche dort stand nicht direkt sehen konnte, sondern nur den Schatten, den diese Person an die Wand warf.

Er stand auf und ging zur anderen Seite des Tisches, in der Hoffnung von dort aus die Gestalt besser sehen zu können. Und er sah sie ... Oh Gott! Was war denn das? Obwohl es oberflächlich betrachtet eigentlich sehr menschlich wirkte, stellten sich bei genauerer Betrachtung doch etliche Unterschiede heraus.

Beispielsweise schien das Geschöpf – jedenfalls soweit sichtbar – am ganzen Körper behaart zu sein. Das ging ja gerade
noch, was jedoch viel seltsamer erschien, war der Kopf. Er musste unwillkürlich an den Kopf einer Raubkatze denken!

Erschütterungen

Siana trat einige Schritte nach vor, jedoch bereit sich augenblicklich einem Kampf zu stellen. Diese Vorsicht war jedoch unbegründet, da dieses Wesen sich offensichtlich ihr nicht weiter nähern wollte. Ob das seinerseits der Vorsicht geschuldet war, oder ob es sie als ungefährlich betrachtete war nicht zu erkennen.

Sie ging näher an ihren Entwurf, den Fremdling immer misstrauisch im Auge behaltend. Sie nahm all ihren Mut zusammen und sagte „Asam Krus".

Ihr Gegenüber schien jedoch nicht zu verstehen, was sie sagte, denn er reagierte insofern seltsam, als er zwar den Mund bewegte, jedoch dabei keinen Laut von sich gab. Immer unter der Voraussetzung, dass sich diese Öffnung in der unteren Kopfhälfte tatsächlich ein zum Sprechen geeigneter Mund war.

Erst viel später kam ihr die Idee, dass er sie möglicherweise nicht gehört hatte. Oder womöglich gar nicht hören konnte.

* ~ * ~ *

Leon blieb stehen, wo er stand und wartete. Als das Wesen näher kam, konnte er seine Geschmeidigkeit bewundern. Wieder musste er ganz unwillkürlich an eine Raubkatze – allerdings eine Raubkatze auf zwei Beinen – denken. Nach einem Augenblick des Abschätzens öffnete es den Mund, in welchem sehr deutlich Reißzähne sichtbar waren. Es schien, als wollte es etwas sagen, aber entweder konnte er es nicht hören oder es hatte gar keine Laute produziert.

Er überlegte, was er tun konnte. Er wollte dieses Wesen keinesfalls erschrecken. Wieso eigentlich erschrecken? Es hatte sich durchaus nicht so verhalten, als ob es erschrocken wäre. Verblüfft ja, aber wahrscheinlich nur in derselben Art wie er selbst. Also: Eine freundliche Geste.

Dass er nicht hören hatte können, was es offensichtlich gesagt hatte – es hatte doch sicherlich etwas gesagt? Anders waren die Mundbewegungen nicht zu interpretieren! – dachte er, dass es umgekehrt wohl genauso wäre. Trotzdem wollte er es versuchen.

„Ich wünsche ihnen einen schönen Tag!" sagte er mit, wie er hoffte, freundlichem Lächeln. Ihm fiel ein, dass Tiere das Zeigen des Gebisses als Bedrohung empfanden und sofort schloss er wieder den Mund und ließ nur einen unbestimmt freundlichen Ausdruck auf seinem Gesicht.

Wie nicht anders zu erwarten, konnte es seine Äußerung offensichtlich nicht hören, denn so etwas wie eine Geste der Enttäuschung machte sich an ihrem Äußeren breit. Jedenfalls dachte er, dass es wohl etwas in dieser Richtung sein könnte, denn das Geschöpf drehte sich ein wenig zur Seite und seine ganze Gestalt ließ eine unbestimmte Entspannung erkennen.

* ~ * ~ *

Wie sie erwartet hatte, war eine Verständigung über diese unbekannte Grenze hinweg nicht möglich. Es war doch offensichtlich eine Grenze, eine unüberwindliche noch dazu, oder? Jedenfalls nicht mit Lauten. Oder diese hätten eventuell sehr viel lauter sein müssen. Aber wie laut war in diesem Falle laut genug? Wenn sie Schreien würde, würde vielleicht ihre Nachbarin, Frau Grisea aufmerksam werden.

Sie würde herüber kommen und natürlich wissen wollen, was passiert war. Das wollte sie jedoch auf jeden Fall vermeiden! Jemandem Fremden zu erklären, was sie da gerade absurdes tat, oder zu tun gedachte, wäre völlig unmöglich. Überhaupt konnte sie sich nicht vorstellen mit jemandem, mit irgendjemandem, darüber zu reden.

Und was sollte sie diesem ‚Jemand' auch schon sagen? „Stell dir vor, in meiner Wohnung ist ein Fremder ..."? Die Antworten darauf konnte sie sich äußerst lebhaft vorstellen! Andererseits:

Was sollte sie überhaupt von der ganzen Angelegenheit halten? Wie sah es in einer Stunde aus? Oder auch morgen? Sie hatte nicht nur nicht die allergeringste Ahnung wie oder was überhaupt hier geschah. Und schon gar nicht ob es überhaupt real war!

Sie hatte auch keine Vorstellung davon ob und wie sie reagieren sollte. Sicher, im Moment sah alles recht harmlos und friedlich aus. Aber ob es auch so blieb? Also entschied sie sich dafür, die Sache zu ignorieren. Sie ging vorsichtig zum anderen Zimmer und beobachtete dabei, von wo aus diese fremdartige Szene nicht mehr zu sehen war.

Ihr Schlafzimmer schien sie vor den Blicken dieses seltsamen Fremden zu verbergen. Baste sei Dank! Wenigstens ein Lichtblick in dieser makabren Situation! Sie ging nochmals zurück zu ihrem Entwurf und zog das Tischchen vorsichtig zurück in ihr Schlafzimmer. Nach dieser gelungenen Aktion setzte sie sich in einen Sessel und dachte über das eben Erlebte nach.

* ~ * ~ *

Schade! Leon hatte gehofft, dieses interessante fremde Wesen länger beobachten zu können. Na, dann eben nicht. Dennoch: Der nun verlassene Platz wirkte plötzlich einsam und trostlos! Wenn er doch nur eine Ahnung hätte, wie er zu dieser Person – Es war doch hoffentlich eine Person und kein Geist!? – Kontakt herstellen könnte!

Nachdem eine lautmäßige Verbindung offensichtlich nicht möglich war, musste er sich etwas anderes überlegen. Immer vorausgesetzt, dieser Spuk war nicht in einer Stunde wieder vorüber! Oder morgen. Er sah sich den nun verlassenen Raum genauer an.

Er war eher schmucklos und ohne Besonderheiten. So als ob es für ein gänzlich anderes Ambiente geplant gewesen wäre, dann jedoch als nutzlos quasi ad acta gelegt worden wäre. Es war offenbar einem puren Zufall zu verdanken, dass es gerade jetzt – wenigstens kurzfristig – genutzt worden war, um dieses hübsche Gartenprojekt zu präsentieren.

Dass es sich um ein Projekt handelte war offensichtlich. Hätte dieses Geschöpf es ansonsten so rasch aus seinem Blickfeld entfernt? Wohl kaum! Im Geiste wünschte er ihm viel Erfolg mit diesem Entwurf. Zwar hatte er nicht die leiseste Ahnung, worauf es bei diesem Gartenentwurf ankam, aber wenn er es hübsch fand, würden es andere sicherlich auch hübsch finden!

Er sah sich diesen nun völlig leeren Raum nochmals genauer an. Ganz leer war er ja nicht. Die Leere bezog sich lediglich auf die Einrichtung, aber es gab durchaus andere Gegenstände. Nicht dass er gewusst hätte, wofür sie dienen mochten, einigen davon war jedoch ihre lange Vergangenheit gut anzusehen. Im Großen und Ganzen also so etwas wie eine gelegentlich benutzte Abstellkammer für Gegenstände welche zwar nicht mehr benutzt wurden, die man andererseits jedoch auch nicht, oder zumindest noch nicht, entsorgen wollte.

Leon beschloss den restlichen Tag im Schwimmbad zu verbringen. Unter Umständen kamen ihm beim Sonnenbad ein paar nützliche Gedanken darüber, wie er einen Kontakt herstellen konnte. Die ganze Situation war viel zu aufregend um sie nicht so lange als möglich zu genießen!

Neugierde

Leon hatte sich überlegt, dass es wohl am freundlichsten war, wenn er ein diesem Wesen möglichst ähnliches Geschöpf fand, das sich möglichst ungezwungen und frei präsentierte. Seine Idee mit der Raubkatze brachte ihn natürlich sofort auf den Gedanken ein Jaguar in freier Wildbahn würde diese Idee bestens reflektieren.

Also suchte er sich ein entsprechendes Bild aus dem Internet, druckte es in A4 aus, suchte sich einen passenden Rahmen und stellte es auf den Wintergartentisch. Dann überlegte er sich, dass es dort wohl seinen Zweck verfehlen würde. Also schob er den Tisch so nahe wie möglich an diese ominöse unsichtbare Barriere. Sodann stellte er noch den Korbsessel dazu, um sich bequem dazusetzten zu können.

Da er keine Vorstellung davon hatte, wie in dieser fremden Welt die Zeit ablief, verwarf er den Gedanken daran, selbst dort zu warten. Anstatt sich stundenlang auf die Lauer zu legen, kaufte er sich einen kleinen Bewegungsmelder und schloss eine Klingel daran an. So konnte er in Ruhe seinen üblichen Tätigkeiten im Haus nachgehen, ohne alle Augenblicke voll Hoffnung in den Wintergarten zu eilen.

Falls dieses Geschöpf auftauchen würde, während er außer Haus war, dann klingelte es eben umsonst. Auch keine Sache, dieses fremde Wesen konnte die Klingel nach seinen bisherigen Überlegungen sowieso nicht hören! Und für die Nachbarn würde es nur wie das Telefon klingen.

* ~ * ~ *

Als Siana am nächsten Morgen erwachte, dachte sie zuerst gar nicht mehr an das gestrige Erlebnis, sondern nur noch daran, so früh als möglich in der Schule zu sein und endlich ihre Gedanken wieder zu 0rdnen und ihre Aufmerksamkeit wieder den Dingen zu widmen, für welche sie bezahlt wurde.

Sie hatte aufs Frühstück verzichtet und nur rasch ihr Fell gebürstet, nur gerade so, dass sie nicht wie frisch aus dem Bett gekrochen aussah. Dennoch machte sie einen raschen Blick in das ‚Garderobenzimmer‘. Nicht nur, dass der fremde Garten noch immer ‚da‘ war, sie konnte auch sehen, dass dort noch tiefe Nacht herrschte, wohingegen bei ihr bereits die Sonne schien!

Während sie auf dem Weg zur Schule war, dachte sie darüber nach, dass es in ihrer Welt ebenfalls Gegenden gab, in denen es noch Nacht war. Als sie die Schule erreichte, hatte sie trotzdem bereits so gut wie alles, was sie an Vorbereitungen unterbringen wollte, im Kopf.

Als sie die Schule betrat, kam ihr schon die Direktorin entgegen und war völlig außer sich, da immer noch verschiedene Utensilien für die Festspiele, wie beispielsweise bestimmte Dekorationselemente, fehlten. Doch Siana war bereits wieder so guter Dinge, dass sie Direktorin Rotha mit ihren Klagen nicht mehr erschüttern konnte. Danach ging sie zu ihrer ersten Unterrichtsstunde in die Klasse der Überspringer.

Fünf Stunden später ging sie, immer noch in bester Laune, nach Hause. Unterwegs besorgte sie sich noch rasch eine Keule vom Toskiplamm um sich abends eine kleines Festmahl zu bereiten. Dass sie die Keule kaufte und nicht selbst auf Jagd ging war der Annahme geschuldet, dass sie trotz ihres gestrigen Missmutes wieder zuversichtlich in die Zukunft blickte. Sie überlegte sich noch, ob sie ihr Festmahl eventuell mit einem Seprie krönen sollte, entschied sich jedoch dagegen.

Zu Hause angekommen, schob sie die Keule in den Gefrierschrank und sah sich zufrieden ihren Entwurf an. Noch während sie überlegte, ob es nicht vielleicht doch besser wäre, den kleinen Teich etwas interessanter zu gestalten, fiel ihr ein, dass sie noch rasch nach ihrem neuen ‚Mitbewohner‘ sehen wollte.

Sie ging rasch in ihr ‚Garderobenzimmer‘, welches sie in Gedanken nun schon ‚Fremdenzimmer‘ nannte, um nachzusehen, ob sich etwas verändert hatte. Und es hatte sich etwas verändert! Der geflochtene Tisch mitsamt dem dazugehörigen Stuhl war nahe an jenen Bereich gerückt, wo gestern noch ihr Entwurfstischchen gestanden hatte.

Aber das war nicht alles. Auf dem Tisch stand ein Bild. Und darauf war ein Geschöpf abgebildet, welches ihr in gewisser Weise ähnlich sah. Zwar war es offensichtlich unbekleidet, anderseits jedoch lag es bequem auf einem sonnigen Wiesenstück und schien sich dort sichtlich wohl zu fühlen!

Siana trat näher heran um sich das Bild genauer zu betrachten. Es war zweifelsohne eine verwandte Kreatur! Zwar offenbar wild und ungezähmt, jedoch bereits mit einer gewissen Intelligenz ausgestattet. Über seine oder ihre kulturelle Entwicklung ließ sich jedoch nicht viel sagen.

Dann sah sie die Pfoten. Nein, dieses Wesen lag noch wenigstens um abertausend Generationen hinter ihrer Entwicklung zurück! Gab es in dieser fremden Welt keine Rasse wie die ihre? Ganz offensichtlich nicht, ansonsten hätte dieses Wesen auf der anderen Seite sicherlich eines ihrer Rasse besser entsprechendes als Kontaktangebot gefunden!

Angebot? Welcher Art sollte dieser Kontakt schon sein? Sie sah etwas in Gedanken ins Leere, als sich ihr Blick mit dem des Fremden traf.

* ~ * ~ *

Beinahe hätte Leon den Auftritt auf der anderen Seite verpasst. Er hatte nur noch rasch etwas zum Speisen holen wollen. Aber als er in der Delikatessenabteilung seines bevorzugten Supermarktes stand, überlegte er sich, dass diverse Speisenangebote sich möglicherweise durchaus auch als Konaktmittel verwenden ließen.

Also ließ er sich einen wahrlich bunten Warenkorb zusammenstellen, in der Hoffnung einiges daraus als für dieses fremde Wesen als Genussmittel Erkennbares zu finden. Natürlich kostete diese Zusammenstellung einiges an Zeit, sodass er, wie gesagt, den Auftritt beinahe verpasst hätte.

Umso erfreuter war er, als er schon beim Aufsperren seiner Wohnungstüre den sehnlich erwarteten Alarm hörte. Er hielt sich gar nicht erst mit Aus- und Umziehen auf, sondern stürmte so wie er war in seinen Wintergarten. Und wie er gehofft hatte stand die fremde Kreatur nahe bei dem von ihm aufgebauten Bild und war in dessen Betrachtung vertieft.

Er ging langsam weiter zu dem Tischchen, den Warenkorb noch immer in der Hand, und blieb dem fremden Wesen gegenüber vorerst einmal so unauffällig wie möglich. Er stellte den Korb neben sich auf den Boden. Dann setzte er sich langsam in den Korbsessel und wartete.

Lange musste er nicht warten, denn schon nach kurzer Zeit schweifte der Blick gedankenverloren ab. Und dann trafen sich ihre Augen. Leon begann sofort mit seinem sorgsam ausgearbeiteten Plan.

Obwohl er wusste oder jedenfalls annahm, dass die andere Seite nicht von dem hören konnte, was er von sich gab, begann er sofort zu sprechen.

„Es freut mich, dass sie neugierig genug sind, um sich meine Umgebung noch einmal anzusehen. Selbstverständlich weiß ich, dass sie mich nicht hören können, aber ich bin der Meinung, dass ich selbst viel weniger nervös werde, wenn ich sprechen darf."

Während er dies sagte, hielt er mit der fremden Person weiterhin Augenkontakt und versuchte freundlich dreinzublicken. Als er soweit war, holte er aus seinem Warenkorb verschiedene Speisen heraus und begann sie auf dem Tisch auszubreiten.

In der Hoffnung, dass das Dargebotene für die Person auch als Speise erkennbar war, tischte er nacheinander auf:

Einen Wecken Brot, welchen er in Scheiben schnitt.

Einen geräucherten Fisch, den er in zwei Hälften teilte.

Eine Stange Salami, die er ebenfalls in feine Scheiben schnitt.

Einen Laib Käse, auch diesen teilte er in kleinere Tortenstücke.

Eine Flasche Milch, aus der er sich ein Glas eingoss.

Die Fremde – inzwischen war er davon überzeugt, dass es

sich um ein weibliches Wesen handelte. Und auch wenn sich das als unzutreffend herausstellen sollte, nannte er es bei sich ,sie' – blickte interessiert dieser Vorführung zu und hob, nachdem er sie beendet hatte, fragend den Blick.

Leon deutete dies als Aufforderung das Aufgetischte vor ihr zu sich zu nehmen und begann sofort damit ein Stück Fisch mit einem Stück Brot zu essen. Dazu trank er, wenig passend, aber im Augenblick eben erforderlich, aus dem Glas Milch. Bevor er auch noch von einem Stück Käse abbiss, hob die Fremde eine Hand, mit einer Bewegung die Abwarten signalisierte, und stand auf.

Sie ging rasch aus dem Raum, kam jedoch schon wenig später wieder. Jetzt hatte sie zwei Teller und einen Becher in der Hand. Etwas hilflos sah sie sich nach einem geeigneten Platz für ihre eigene Speisenfolge um. Kurz entschlossen nahm sie danach mit so etwas wie einem Schulterzucken im Schneidersitz Platz und stellte ihre eigenen Teller vor sich auf den Boden.

Sie blickte Leon aufmunternd an und begann ihrerseits zu essen. Also nahm auch Leon seine unterbrochene Tätigkeit wieder auf und so nahmen sie das erste gemeinsame Mahl ein.

* ~ * ~ *

Der Anfang war also überraschend, aber auch sehr vielversprechend. Siana hatte, nach der Beendigung dieses einfachen gemeinsamen Essens, ihrem Gegenüber – sie war in der Zwischenzeit zur Überzeugung gelangt, dass es sich um ein männliches Wesen handelte – freundlich zugelächelt und hatte den Raum mitsamt ihrem Geschirr verlassen.

Sie ließ die gesamte Situation nochmals vor ihrem geistigen Auge vorüber ziehen. Zwei Dinge schienen klar zu sein: Es gab – jedenfalls aus heutiger Sicht – keine physische Verbindung, jedenfalls keine akustische, aber immerhin eine optische, zu dieser fremden Welt. Und – ebenfalls aus heutiger Sicht – ihr Gegenüber schien ein freundlicher Mensch zu sein, der mit ihr in einen reichlich aussichtslosen Informationsaustausch treten wollte.

Konnte sie irgendetwas davon zu ihrem persönlichen Vorteil nutzen? Zumindest für ihr Selbstbewusstsein schien es Balsam zu sein. Wenn schon jemand völlig Fremder, noch dazu aus einer fremden Rasse, ihr Wohlwollen entgegenbrachte, konnte das nur von Vorteil sein.

Und sonst? Das Wissen darüber, dass es so fremde Welten überhaupt gab, war zwar eine persönliche Genugtuung, aber kaum für reüssierende Aspekte in der Öffentlichkeit geeignet. Falls sie jemals daran dachte damit an die Öffentlichkeit zu treten!

Trotzdem: Sie war mit dem Verlauf des heutigen Tages mehr als nur zufrieden! „Siana, du bist ein Glückspilz!" Na ja, wenigstens ein bisschen. In ihrem Höhenrausch sah sie sich bereits als Siegerin des kommenden Architekturwettbewerbes. Ob sie ihren neuen ‚Freund' dazu überreden würde können, ihren Entwurf zu beurteilen? Eventuell sogar allfällige – und aus Sicht einer professionellen Lehrerin möglicherweise notwendige – Änderungen anzubringen?

Aber wie stelle ich das an? Ihm nur das Modell zu zeigen wird kaum reichen. Wonach sollte er es beurteilen? Welche der mir vorgegebenen und von mir zu erfüllenden Kriterien kann ich ihm überhaupt vermitteln? Welche Möglichkeiten einer Kommunikation, die zudem ausschließlich über Gesten erfolgt, gibt es denn?

Die einzig sinnvolle die mir einfällt sind Zeichnungen. Gut, aber bin ich eine ausreichend gute Zeichnerin um meine Ideen mitzuteilen? Ich fürchte: Nein. Ich werde einmal darüber schlafen. Heißt es nicht, im Schlaf kommen einem die besten Ideen? Wir werden sehen.

Annäherung

Leon war sich nicht sicher, ob das gemeinsame Essen tatsächlich das Eis gebrochen hatte. Zudem hieß das selbst noch überhaupt nichts. Wenn er es tatsächlich darauf anlegte zu kommunizieren, dann mussten gänzlich andere Aspekte ins Auge gefasst werden.

Offensichtlich hatte ihr die Idee mit dem Essen sehr gefallen. Konnte er damit etwas anfangen? Nicht wirklich. Jedoch mochte es sein, dass es bei diversen Anlässen zu einem besseren Verständnis kam. Vielleicht war es sowieso besser zuerst ein gewisses gegenseitiges Vertrauen herzustellen, als sofort mit komplizierten Verständigungsverfahren herum zu probieren, deren Erfolg schon von vorneherein fraglich war.

Nein, so kam er nicht weiter. Welche Weltenübergreifenden Werte gab es denn? Mathematik. Gut und schön, aber wie ließ sich Mathematik in eine ‚Sprache' verwandeln, welche eine Kommunikation erlaubte. Und das auch noch ausschließlich durch Gesten! Oder eventuell Zeichnungen.

Na schön. Zuerst einmal wollte er das Ganze überschlafen.

* ~ * ~ *

Als Siana wieder erwachte hatte sie tatsächlich eine Idee. Sie war zwar nur so ein laues Gefühl, aber es erschien ihr grundsätzlich vielversprechend. Ihre Lösung hieß: Musik! Mit Musik ließ sich so vieles ausdrücken, wofür die Wortsprache oft nicht ausreichte!

Sie wusste auch schon, wie sie die Musik auf die andere Seite bringen wollte. Als Lehrerin stand sie oft vor dem Problem, Kindern etwas erklären zu müssen, wovon sie vorerst keine Ahnung hatten. Die Lösung lag in der Verwendung bereits bekannter Begriffe.

Jetzt wurde es allerdings schwierig. Von welchen bekannten Begriffen konnte sie ausgehen? Speisen? Wenig nützlich, wenn sie daran dachte wie unterschiedlich selbst die allergängigsten Nahrungsmittel oft bezeichnet wurden! Pflanzen? Eine ganz ähnliche Situation. Alles nicht brauchbar.

Außerdem: Was sollten alle diese Begriffe schon groß bringen? Sie benötigte etwas ganz und gar Eindeutiges, etwas das in beiden Welten sicher dieselbe Bedeutung hatte und von jedem in der gleichen Weise verwendet wurde. Okay. Und dann? Was dann? Die Idee war gut, aber noch lange nicht wirklich ausgereift.

* ~ * ~ *

Als Leon am nächsten Morgen zum Tagwerk überging, dachte er, dass es möglicherweise nett wäre, den Morgen schon mit einem freundlichen Gruß zu beginnen. Wie konnte er einen freundlichen Gruß formulieren und ihn dann bildlich darstellen? Mit dem Zeichnen hatte er es nicht so. Er musste nach Möglichkeit mit Fotos arbeiten.

Also suchte er sich zwei Fotos, eines mit einem Mann und eines mit einer Frau. Dann einen Blumenstrauß. Dank Photoshop war er in der Lage, die drei Fotos so zu verbinden, dass der Mann der Frau den Blumenstrauß zu überreichen schien. Zufrieden mit seinem Werk, druckte er es aus und trug es zum Wintergartentisch um es dort aufzustellen.

Seine Essenspartnerin war entweder noch nicht wach, oder sie war mit anderen Dingen beschäftigt. So zog er sich ebenfalls zurück und machte sich auf den Weg in sein Büro.

Dort angekommen überfiel ihn die tagtägliche Hektik mit voller Wucht, sodass er zu nichts anderem kam, als sich um alle zu erledigenden oder sonst wie anstehende Probleme zu kümmern. Als er das erste Mal wieder etwas zu Atem kam, stellte er fest, dass er sogar das Mittagessen verpasst hatte.

Er ließ sich aus der Cafeteria zwei Sandwichs und ein Kännchen Kaffee kommen und setzte sich bequem, lehnte sich zurück und dachte über sein privates Problem nach. Er erinnerte sich, dass es vor einigen Jahrzehnten Versuche gab mit Außerirdischen Intelligenzen Kontakt aufzunehmen. Oder ihnen wenigstens eine Nachricht zu senden.

Die Projekte OZMA und SETI waren dabei führend gewesen. Außerdem wurden auf mit Gold beschichteten Aluminiumplatten nicht nur grafische, sondern auch Audio Daten mit Sonden auf eine intergalaktische Reise geschickt. Die dabei verwendeten Methoden könnten doch auch ihm weiterhelfen!

Die 1977 auf den beiden Sonden Voyager 1 und 2 ange-brachte Voyager Golden Record konnte ihm dabei sicherlich von Nutzen sein! Er musste sich umgehend darüber informieren. Mal sehen, ob oder was man damit tatsächlich beginnen konnte. Was er selbst davon für nützlich erachtete.

* ~ * ~ *

Nachdem Siana ihre Morgentoilette erledigt hatte und sie sich wieder ansehbar fühlte, dachte sie mit einer gewissen freu-digen Erinnerung an den gestrigen gemeinsamen Abend. Nicht dass er außergewöhnlich gewesen wäre, aber er hatte immerhin eine ganz besondere Vertrautheit zwischen ihnen entstehen lassen. Und seltsam: Sie mochte diese Art von Vertrautheit nicht mehr missen!

Sofort eilte sie in ihr Fremdenzimmer um zu sehen, ob es etwas für sie Neues zu sehen gab. Und tatsächlich: Auf dem kleinen Tischchen stand ein Foto. Darauf waren zwei von diesen fremden Geschöpfen zu sehen, wobei eines der beiden dem anderen offensichtlich etwas überreichte: Blumen!

Sie fand das ganz niedlich und wurde von einer seltsamen Sehnsucht erfasst. Es war fast so, als hätte er ihr diese Blumen persönlich überreicht! Es war ihr, als könne sie den Duft dieser Blumen tatsächlich riechen. Sie war derart gerührt, dass ihr die Tränen kamen! Er hatte mit vollendeter Sicherheit ins Schwarze getroffen.

Siana begann fieberhaft zu überlegen, wie sie diese edle

Geste der Zuneigung erwidern könnte. Es musste unbedingt etwas sein, das ihr soeben empfundenes Gefühl widerspiegelte! Er hatte ihr ganz zu Beginn ein Bild von einer Katze gezeigt. Also gab es nicht nur solche Wesen in seiner Welt, sondern er musste diese Geschöpfe auch schätzen, sonst hätte er nicht versucht ihr zu zeigen, dass er sie nicht allzu fremd empfand, denn das Bild hatte Ruhe und Zufriedenheit vermittelt.

Schön, aber was konnte sie daraus ersehen? Ihre Schwester Zildis hatte gerade vor ein vier Monaten Zwillinge geboren. Zildis hatte ihr gerade erst vor drei Tagen ein Foto geschickt, wo sie mit ihren Zwillingen posierte. Ihr hatte dieses Foto ausnehmend gut gefallen, weil es die Begeisterung ihrer Schwester über den Nachwuchs so vortrefflich wiedergab.

Vielleicht war das eine gute Idee. Andererseits hatte sie im Augenblick keine bessere. Sie nahm also dieses letzte Foto ihrer Schwester mit ihren Kindern und trug es ins Fremdenzimmer. Aus Mangel eines geeigneten Tisches oder sonstigen Möbelstückes schob sie ihre Ruhecouch ins Zimmer und stellte ihr Foto gut sichtbar darauf.

Nachdem sie das Arrangement begutachtet und für gut befunden hatte, begab sie sich endlich zur Schule.

* ~ * ~ *

Die Golden Record der Voyager gab leider nicht so viel her, wie er erhofft hatte. Allerdings war die Sache mit der Bedienungsanleitung auf der Scheibe schon interessant. Dabei mussten doch einige beachtliche Hürden überwunden werden. So simpel erscheinende Dinge wie die Drehrichtung einer Schallplatte gingen ja gerade noch. Aber wie sah es mit der Abnahme aus? Die Drehgeschwindigkeit, die Basisfrequenz, die Modulation, et cetera! Das waren die wahren Herausforderungen. Und durchaus vergleichbar mit seinen eigenen Schwierigkeiten.

Und wie wurden diese Fragen bei der Golden Record gelöst? Alles nur mit Mathematik, Chemie und Physik. Es gab genügend Konstanten im Universum, welche jedem potentiellen Physiker und Chemiker bekannt sein mussten. Damit ließ sich universell eine Menge anfangen.

Das Problem bei mir: Ich hatte garantiert keine Physikerin, Chemikerin oder Mathematikerin zur Gegenspielerin, sondern höchstwahrscheinlich eine durchschnittlich gebildete Frau. Deren IQ war sicherlich hoch genug, da sie bei der Konfrontation mit der ungewöhnlichen Situation nicht gleich in Panik verfallen war. Aber war er hoch genug, damit es auch bei schwierigeren Problemen zu keinen Auffassungsproblemen kam? Wir mussten es eben ganz einfach einmal ausprobieren.

Den Beginn musste die Mathematik machen. Welche einfachen Dinge außer Zahlen konnten damit beschrieben und erklärt werden? Etwa Größen- und Anzahlvergleiche. Für einen Größenvergleich ist es jedoch erforderlich etwas zu finden, das – hoffentlich! – in beiden Welten gleich groß ist.

Leon war verzweifelt. Es fiel ihm absolut nichts Brauchbares ein! Aber halt! Vielleicht konnte er mit einem Größenvergleich beginnen, welcher zumindest einige grundsätzliche Anhaltspunkte lieferte? Er wollte es mit dem Vergleich Durchmesser der Erde gegenüber der durchschnittlichen Größe eines Menschen versuchen.

Immerhin mussten bei annähernd ähnlichen Schwerkraftverhältnissen die darauf lebenden Geschöpfe eine diesen Verhältnissen angemessene Entwicklung genommen haben. Wenn auch die Tatsache, dass ihrer beiden Größen sich scheinbar kaum unterschieden, keinen verlässlichen Hinweis auf die tatsächliche absolute Größe gestatteten, so sagten doch verschiedene äußere Merkmale etwas über die Schwerkraft aus.

Wenn man bedachte, dass sehr viel kleinere Lebewesen eine gänzlich andere Struktur aufwiesen dann war das sofort offensichtlich. Man konnte einen Menschen nicht einfach auf ein Zwanzigstel schrumpfen und erwarten, dass er dann noch genauso wie vorher funktionierte! Alleine die Masse des Körpers würden ihn schwerfällig, wenn nicht sogar unbeweglich werden lassen!

Unter diesen Aspekten gab das Verhältnis der Körpergröße

zum Umfang der Arme und Beine einem guten Hinweis auf die Ähnlichkeit der dort herrschenden planetaren Verhältnisse. Jetzt bedurfte es lediglich noch eines beiden verständlichen Zahlenraumes um die Kommunikation ins Rollen zu bringen.

Erste Versuche

Nachdem Siana wieder zu Hause angekommen war, ging sie sofort ins Fremdenzimmer um die Reaktion auf ihr Foto zu erkunden. Zu ihrer großen Enttäuschung hatte sich nichts verändert. Selbstverständlich stand das von ihr aufgebaute Foto noch genauso da wie sie es verlassen hatte. Aber auch das Foto auf der anderen Seite, und nicht nur das Foto, waren unverändert.

Entweder war er noch nicht wieder in seinem Heim gewesen, oder er war verhindert, oder … Ach was sollte das! Es war, wie es war und damit basta! Es würde sich schon noch herausstellen, was die Ursache davon war. Schließlich war auch sie selbst immer wieder gezwungen Erledigungen zu tätigen, die ihre Heimkunft sehr oft beträchtlich hinauszögerten!

Also ging sie zurück in ihr Schlafzimmer, erfrischte sich und zog sich bequemere Sachen an. Sodann erledigte sie einige, schon seit geraumer Zeit immer wieder aufgeschobene, Hausarbeiten und überlegte, was sie heute wohl essen mochte. Schließlich entschied sie sich dafür die erst gestern gekaufte Toskiplammschulter anzuknabbern.

Sie holte sie sogleich aus dem Kühlschrank und legte sie auf ein Teller. Damit sie wenigstens in etwa einer frischen Keule entsprach, stellte sie den Teller in einen kleinen Ofen, um sie auf Körpertemperatur zu bringen. Dann setzte sie sich an die Anrichte und während sie darauf wartete, dass die Keule warm wurde, überlegte sie sich wie sie ihm die Musik übermitteln konnte.

Sie hatte von Anfang an gedacht, die Musik zu visualisieren. Farbige dünne Bänder des Oszilloskops schienen ihr das geeignete Medium dafür zu sein. Aber was sagte das schon aus? Wie erklärt man, was damit zum Ausdruck gebracht wird? Vielleicht kannte der Fremde gar keine Musik? Und wenn doch, wie nahm er sie wahr? Primär sicherlich mit dem Gehör. Unter Umständen auch über die Vibrationen. Aber eine optische Umsetzung war nicht unbedingt Voraussetzung für einen Musikgenuss!

Pfeifen! Das war die Lösung! Es gab verschiedene Musikinstrumente, die mit Pfeifen arbeiteten. Und bei allen war die Länge der Pfeife ein sehr signifikanter Wert für die Tonhöhe. Falls sie also Pfeifen unterschiedlicher Längen nebeneinander aufreihte und sodann die Reihenfolge in welcher sie zu spielen waren angab, dann konnte der Fremde selbst durch eigene Wiederholung dieses Musikstück reproduzieren!

Dabei kam es überhaupt nicht darauf an, ob sie aufeinander abgestimmt waren oder nicht. Auch nicht ob die Tonhöhen stimmten, die sowieso auch noch vom Durchmesser des Klangkörpers abhingen, denn die Melodie war auf jeden Fall zu erkennen!

Sie hatte sogar selbst so ein Instrument in ihrem Besitz. Sie benötigte es für bestimmte festliche Anlässe in der Schule, bei denen sie sich als Musikerin zur Verfügung stellte. Es bestand aus einer Reihe von zwanzig Röhren unterschiedlicher Länge, die durch einen Bügel zusammengehalten wurden. Durch das Vorbeiblasen von Luft wurde in den Schallräumen dieser Röhren ein ganz bestimmter Ton erzeugt. Und die fortgesetzte Erzeugung von bestimmten Tönen ergaben eben die Musik!

Sie holte sofort ihre Flöte hervor und nachdem sie sich auch noch die Keule aus dem kleinen Öfchen geholt hatte, begab sie sich wieder mit all den Utensilien ins Fremdenzimmer. Zu ihrer freudigen Überraschung war nun auch ihr fremder Freund wieder da. Sie setzte sich neben dem Bild auf ihre Couch, legte die Flöte neben sich und das Teller mit der Keule auf ihre Knie.

* ~ * ~ *

Leon war gerade erst in den Wintergarten getreten, als auch schon seine schöne Fremde auf ihrer Seite hereinkam. Er beobachtete, wie sie sich neben ein offenbar von ihr schon früher aufgestelltes Foto setzte und einen weiteren Gegenstand neben sich ablegte, den er vorerst nur sehr schlecht erkennen konnte. Bevor sie sich, offensichtlich bereit mit ihm wieder ein gemeinsames Mahl einzunehmen, einen Teller mit Fleisch, es schien sich um eine Keule zu handeln, auf ihren Knien abstellte.

Sie sah hoffnungsvoll und mit einem erwartungsvollen Blick zu ihm hoch. Sofort hatte er ein schlechtes Gewissen, da er nicht daran gedacht hatte für sich selbst auch gleich etwas Essbares vorzubereiten und mit hierher zu nehmen.

Er zuckte entschuldigend mit den Schultern, deutete ihr noch etwas zu warten und verschwand in seine Küche. Er hatte nicht nur nicht daran gedacht, gleich etwas mit hinüber zu nehmen, er hatte überhaupt nicht ans Essen gedacht. So suchte er sich von den gestern aufgebotenen Resten eine Wurst und etwas Käse zusammen, dazu noch etwas von dem Brot und legte alles fein säuberlich auf ein Jausenbrett. Fast hätte er vergessen auch noch ein Messer und eine Gabel mitzunehmen.

Im Gegensatz zu gestern wollte er heute nicht mit den Fingern essen, sondern so wie es sich gehörte, und wie es bei gesitteten Leuten üblich war, mit einem ordentlichen Besteck. Bepackt mit dem Brett und dem Besteck ging er wieder zurück. Wie nicht anders zu erwarten war, saß sie ruhig und immer noch erwartungsvoll auf ihrer Couch.

Nachdem auch er sich gesetzt hatte und das Jausenbrett samt Besteck auf dem Tischchen abgestellt hatte, wollte er vor dem Essen noch rasch seine Neugier befriedigen. Daher griff er nicht gleich zu Messer und Gabel, sondern deutete auf den Platz neben ihr, auf dem das Foto stand.

Sie hob es bereitwillig an und hielt es näher zu ihm hin. Was sich jetzt dabei in ihrem Gesicht zeigte deutete er als grenzenlose Erwartung. So wie es aussah, hatte sie dieses Foto mit großem Bedacht gewählt. Offenbar als Erwiderung sein ihr präsentierten Bild mit dem einer Frau übergebenden Blumenstrauß.

Er sah sich das Bild an und war zunächst verblüfft. Es zeigte genauso eine Fremde, jedoch hielt diese zwei Babys in ihren Armen und strahlte, – was sollte es auch sonst sein? – befriedigendes Mutterglück aus! War das etwa sie selbst? Er konnte beim

besten Willen nicht sagen, ob das Foto nun die ihm gegen-
übersitzende Frau oder eine andere zeigte.

Da er nicht wusste, was sie ihm damit eigentlich sagen
wollte, deutete er mit einem fragenden Blick auf das Foto und
dann auf sie? Falls sie darob errötete konnte er nicht sagen, aber
so etwas wie Verlegenheit glaubte er dennoch erkennen zu
können. Sie deutete ein ‚Nein' an und versuchte mit einer etwas
unglücklichen Geste sich quasi neben sich selbst zu setzen. Dann
so sie ihn fragend an. Wohl ob er verstanden hätte, was sie damit
zum Ausdruck hatte bringen wollen.

Leon dachte, dass diese Geste wohl andeuten sollte, dass
es jemand anderer war. Also bat er sie wieder um etwas Geduld,
verließ das Zimmer und ging in sein Wohnzimmer, wo er ein Foto
von sich und seinem Bruder Gerald von der Kommode nahm und
mit diesem wieder hinüber ging.

Er hielt nun seinerseits das Foto näher zu ihr hin und deutete
zunächst auf sich und dann auf das Bild, das ihn selbst zeigte,
anschließend auf das Bild seines Bruders. Danach zuerst auf sie
und danach, mit einer ebenfalls fragenden Geste, auf die Frau
mit den Babys.

Sie nickte sofort sehr heftig, offenbar mit der Erklärung
zufrieden und setzte sich wieder auf ihre Couch. Sie begannen
beide zu essen. Zu seiner großen Überraschung aß sie nicht nur
mit den Fingern, sondern sie aß ihre Fleischkeule offenbar roh!
Andere Länder, andere Sitten, dachte er nur ganz kurz und
widmete sich seinen Wurst- und Käsebroten. Selbstverständlich
in gewohnter Manier mit Messer und Gabel.

Jetzt lag es an Siana zu denken: ‚Andere Länder, andere
Sitten!' Aber sie faszinierte dieser Gegenstand, den er zum
Aufspießen der Wurst und des Käses benutzte schon sehr. Sie
hatte noch nie von solchen Spießchen gehört. Sie fand sie jedoch
durchaus praktisch und wollte sich gleich morgen erkundigen, ob
es in ihrer Welt vielleicht ähnliche Geräte gab!

Sobald sie beide mit dem Essen fertig waren und ihre Teller
zur Seite gestellt hatten, holte Siana ihre Flöte hervor. Sie führte
sie an ihren Mund und begann zu spielen. Sie wählte ein

einfaches Kinderlied, da sie später vorhatte ihm die Melodie zu beschreiben.

Aber so schnell ging das nicht, denn gleich nachdem sie zu spielen begonnen hatte, sprang er ganz aufgeregt auf, deutete ihr wieder noch einmal kurz zu warten, und verschwand. Fast unmittelbar danach tauchte er auch schon wieder auf. Und was hielt er triumphierend in seiner Hand? Eine durchaus vergleichbare ähnliche Flöte! Zwar sah sie eher wie ein Spielzeug für kleine Kinder aus, aber die Ähnlichkeit war unverkennbar!

Siana war nicht nur erstaunt, sie war auch erfreut. So einfach hatte sie es sich nicht vorgestellt ihm ihre Musik nahe zu bringen! Sie begann sofort wieder mit ihrem Spiel und beobachtete ihn dabei. Er zuckte in für sie stiller Verzweiflung die Schultern und deutete mit den Fingern seiner beiden Hände auf seine Ohren.

Nun lag es an ihr, ihn um eine kurze Pause zu bitten. Sie holte aus der Truhe in ihrem Wohnzimmer einen Zeichenblock, wie sie ihn auch für ihre Schüler mitunter verwendete und dazu Farbstifte. Mit diesen bewaffnet kam sie wieder zurück und begann eine Skizze ihrer Flöte zu entwerfen. Sobald sie das geschafft hatte, schrieb sie unter jedes Röhrchen ein Zeichen ihrer Schrift. Das fertige Produkt hielt sie ihm hin und legte es dann zu seinen Füssen auf den Boden. Dann ging sie wieder zurück zu ihrem Block und begann die Melodie des eben von ihr vorgetragenen Kinderliedes nieder zu schreiben, indem sie der Reihe nach die einzelnen Laute aufschrieb. Das heißt, sie schrieb natürlich nicht die Laute auf, sondern die Zeichen, die zu dem jeweiligen geblasenen Röhrchen gehörten. Auch dieses Zeichenblatt legte sie danach zu seinen Füßen auf den Boden.

Leon war von dieser Idee, ihm eine Melodie zu geben hingerissen. Sofort lief er wieder zurück in sein Wohnzimmer um seine Kamera zu holen. Mit dieser fertigte er mehrere Fotos der am Boden vor ihm liegenden Skizzen an. Danach bedankte er sich für ihr ganz spezielles Geschenk an ihn, indem er ihr einen vollendeten Diener machte. So vollendet wie er gehofft hatte, war er zwar wohl nicht, aber sie nahm seine Geste freudig entgegen und bedankte sich ihrerseits mit einer Art Pirouette.

Nach dieser ‚Verabschiedung', denn beide fassten diese Dankesgesten als Beendigung ihres heutigen Beisammenseins auf, trennten sie sich und jeder ging in seinen üblichen Wohnbereich.

* ~ * ~ *

Leon war von diesem Abend so angetan, dass er ganz vergaß, wie er die Kommunikation voran bringen wollte. Aber er war viel zu neugierig, wie diese fremde Melodie wohl klingen mochte. Am nächsten Morgen, noch vor dem Frühstück, rief er seinen Bruder.

„Sag Gerald, wo bekomme ich eine Panflöte her? Hast du eine Ahnung, wo man so etwas bekommt?"

„Vermutlich in einer Musikinstrumentenhandlung. Aber wofür brauchst du eine Panflöte?"

„Das erkläre ich dir später. Jetzt muss ich mir nur rasch ein Instrument besorgen. Hast du eine Ahnung, ob es eigentlich leicht zu spielen ist?"

„Ich gehe einmal davon aus, dass du eine neue Freundin hast, der du ein Ständchen bringen willst! Aber muss es gleich eine Panflöte sein? Ich habe gehört, dass es eines der am schwierigsten zu spielenden Instrumente sein soll!"

„Na, ich will's zumindest versuchen. Mehr als ein Desaster kann's ja nicht werden. Und sagt man nicht: Der Wille geht fürs Werk?"

„Meinetwegen kannst du dich ja gerne blamieren. Aber sei gewarnt!"

„Und was kostet so ein Ding überhaupt?"

„Keine Ahnung, aber billig sind diese Sachen ganz sicher nicht. Ich würde es im Übrigen beim Jacomini in der Kärntnerstraße versuchen. Ich bilde mir eine, dort schon einmal eine in der Auslage gesehen zu haben."

„Danke vorerst. Und Genaueres später. Versprochen."

Mit dieser Auskunft zufrieden begann er den Tag in der

Vorfreude auf den kommenden Abend. Zuvor brockte er eine frische Blüte von einem seiner beiden Hibiskussträucher und legte sie, mit der Blütenöffnung in die Richtung der Fremden, in eine Glasschale auf den Wintergartentisch. Dann ging er ins Büro.

* ~ * ~ *

Siana konnte ihren Erfolg mit der Musik gar nicht fassen. Dass es nicht einfach sein würde hatte sie erwartet. Dass es hingegen soo einfach gehen würde war kaum zu fassen! Das heißt: Noch war nichts gewonnen. Ja, es konnte gut sein, dass ihr neuer Freund diese Musik gar nicht schätzte!

Dass es bei ihm Musik gab, zeigte die von ihm sofort herbeigeholte Flöte. Aber wie sah die Musik dort drüben aus? Wie hörte sie sich an? Sie hatte nicht bedacht, eigentlich gar nicht bedenken können, dass das Gehör dieser Rasse in gänzlich anderen Frequenzen arbeitete! Aber andererseits, wenn sich die Instrumente derart glichen, konnte es doch gar nicht so sehr verschieden sein! Oder doch?

Sie musste ganz einfach abwarten, was bei diesem Versuch heraus kam. In der Erwartung, dass es doch ein Erfolg war, wollte sie ihm ein etwas anspruchsvolleres Werk als ein Kinderlied vorbereiten. Sie machte sich sofort daran eine von ihr besonders geschätzte Melodie in derselben Weise zu notieren, wie das Kinderlied.

Natürlich war ihr klar, dass das Alphabet, das sie für die Bezeichnung der einzelnen Röhrchen verwendet hatte, für ihn ohne Bedeutung war. Nur ohne Bedeutung sein konnten, da er selbstverständlich keinen akustischen Zusammenhang mit den gesprochenen Lauten herzustellen vermochte.

Das wäre eine schöne Aufgabe für die Zukunft! Sie stellte sich vor, wie er ihren Namen aussprach. Bei dem Gedanken wurde ihr ganz seltsam ... Ach! Was sollten diese Spinnereien! „Bleib vernünftig Siana!" schalt sie sich. Aber schön wäre es doch ...

* ~ * ~ *

Als er abends nach Hause ging, dachte er ausnahmsweise auch daran, dass sein Kühlschrank praktisch leer war und er besorgte sich einige Dinge, die er in den nächsten Tagen verkochen wollte, um ein aufwändigeres Menu vorzeigen zu können, als immer nur Wurst und Käse. Er besorgte sich also neben Milch und Brot sowie zwei Schweine-Koteletten auch eine Biskuitroulade, welche er bei ihrem heutigen gemeinsamen Dinner zu sich zu nehmen gedachte.

Natürlich war er zuvor in der Kärntnerstraße gewesen und hatte bei Jacomini doch tatsächlich eine brauchbare Panflöte erstanden. Das heißt, ob sie für ihn brauchbar war, musste sich erst herausstellen. Zwar hatte er als Kind schon gespielt – daher hatte er ja auch die Kinderflöte! – aber wie es heutzutage mit seinem Spiel aussah, war eine ganz andere Geschichte.

Sofort, nachdem er seine Wohnung betreten hatte, und noch bevor er seinen Einkauf im Kühlschrank verstaut hatte, packte er die Panflöte aus und begann zaghaft die ersten Töne zu probieren. Na, ja. Es hatte schon besser geklungen! Aber immerhin, es ging besser als er erwartet hatte.

Jetzt räumte er endlich seine Einkäufe weg, ging ins Wohnzimmer, wo er die Fotos von seiner Freundin noch in der Kamera hatte, und druckte die beiden Blätter aus. Er betrachtete die zarte, gleichmäßige Schrift, die auf eine geübte Hand hinwies.

Die Zeichen selbst verrieten nicht allzu viel. Jedoch konnte er anhand der Anzahl, es waren ja doch immerhin zwanzig, feststellen, dass es sich wahrscheinlich ebenfalls um eine Art Lautschrift handelte, wenngleich es natürlich sowohl eine Zeichen- als auch ein Silbenschrift sein konnte. Andererseits waren die einzelnen Zeichen nicht nur sehr gut unterscheidbar, was auch auf eine gewollte Auswahl aus einem sehr viel größeren Zeichenvorrat hindeuten konnte, sondern sie vermittelten aus einem ihm nicht erklärlichen Grund eine gewisse Abgeschlossenheit.

Zweckmäßigerweise übertrug er die den Röhrchen der

fremden Flöte zugeordneten Zeichen auf kleine Zettelchen, welche er auf die Vorderseite seiner neu gekauften Panflöte klebte. Dann stellte er sich vor den Spiegel, klebte das Foto mit der Melodie auf den Spiegel, sodass er einerseits das ‚Notenblatt' und andererseits seine markierten Flötenröhren sehen konnte.

Und dann lachte er hell auf und schrieb eilig neue Zettelchen. Er hatte schlicht und einfach vergessen, dass die Zeichen auf seiner Flöte im Spiegel selbstverständlich, na, eben gespiegelt waren! Jetzt klebte er die von ihm neu in Spiegelschrift geschriebenen Zettelchen mit den ungewohnten Zeichen auf seine Flöte und begann, langsam und bedächtig, Ton für Ton die fremde Melodie zu spielen.

Zu Beginn war nicht viel von einer Melodie zu erkennen. Aber nach dem dritten Anlauf kristallisierte sich doch schon so etwas wie ein einfaches Muster heraus. Diese einfache Tonfolge konnte er schon nach dem fünften Versuch auswendig spielen. Und zudem war dieses einfache Lied auch sehr melodiös. Jetzt erkannte er auch schon den doch sehr einfachen Rhythmus, was ihn auf ein Kinderlied schließen ließ.

Falls dem tatsächlich so war, war der Einfallsreichtum seiner neuen Freundin mehr als bewundernswert! Sie hatte nicht nur sehr rasch erkannt, dass erstens die Musik ein hervorragendes Instrument der Verständigung war und zweitens auch noch einen wunderbar einfachen Weg gefunden, sie über die sie trennenden Abgründe hinweg zu transportieren! Er konnte nur den Hut vor so viel praktischer Einsicht ziehen! Jetzt war zweifelsfrei klar, dass sie nur eine Frau sein konnte!

Derart gewappnet richtete er sich, wie beabsichtigt, Kaffee und Kuchen her und wanderte zu ihrem gemeinsamen Treffpunkt im Wintergarten.

* ~ * ~ *

Als sie nach Hause kam, trug sie als Erstes sofort ihre neue Melodie ins Fremdenzimmer und platzierte sie wie gewohnt nahe der imaginären Grenze auf den Boden. Dabei erblickte sie natürlich sofort die für sie dort in einer Glasschale drapierte Blüte. Sie legte sich auf den Bauch und hielt ihre Nase so nahe wie nur irgend möglich an diese Blüte, in der unsinnigen aber verständlichen Hoffnung wenigstens eine Idee des Geruches zu erhaschen.

* ~ * ~ *

Als Leon den Raum betrat, lag seine schöne Freundin auf dem Bauch vor der Hibiskusblüte und hatte ihre Nase quasi in diese versenkt. Natürlich war das Mumpitz, aber es zeigte doch ihre Begeisterung für Blumen und für Pflanzen im Allgemeinen. Er war geradezu stolz, dass er ihr ein für sie doch offenbar so schönes Ambiente bieten konnte. Wenngleich ihm hier wohl der Zufall mehr als nur zu Hilfe gekommen war.

Als sie sich erhob war er wieder einmal von ihrer nicht nur gelenkigen, sondern eleganten Bewegung angetan. Ohne sich darüber sonderlich zu wundern stellte er sich vor, wie es sein musste diese kuschelige Frau im Arm zu halten.

Er stellte sein Speisetablett auf das Tischchen, nahm seine neue Flöte und begann dieses einfache Lied zu spielen. Natürlich konnte sie nicht hören, was oder wie er spielte, Aber dass er spielte konnte sie sehen. Und dass er es tat war wohl Beweis genug dafür, dass es ihm gefiel!

Sie stand auch prompt auf und sah ihm beim Spiel zu. Sie sah auch, dass er auf den Röhrchen kleine Zettel mit den von ihr verwendeten Zeichen geklebt hatte, sodass sie sogar kontrollieren konnte, dass er – wenigstens soweit sie das erkennen konnte – korrekt spielte.

Er beendete seine Vorstellung, vollführte wieder seinen gekonnten Diener und deutete auf die Panflöte, welche er zur Bestätigung seiner Zufriedenheit in die Höhe hob. Was sie in ihrer schon gewohnten Weise mit einer Pirouette dankte.

Sie verschwand wieder, wohl um sich ihrerseits Essen zu holen. In der Zwischenzeit holte er sich ebenfalls einen Schreibblock und begann mit der Darstellung seines Zahlenprojektes.

Zuerst machte er der Reihe nach einen, dann zwei, dann drei Punkte und so weiter bis neun. Dann schrieb er unter die Punktanordnungen die Ziffern Eins bis Neun und an den Beginn, noch vor dem ersten Punkt die Ziffer Null.

In die nächsten Zeile malte er zehn Punkte und schrieb darunter Zehn in Ziffern, also Eins-Null. Dann darunter zweimal zehn Punkte übereinander und Zwei-Null. In den nächsten Zeilen ersparte er sich die Punkte und schrieb nur Drei-Null und so fort bis Neun-Null. Dann malte er ein Karree mit zehnmal zehn Punkten und schrieb darunter Eins-Null-Null.

Damit hoffte er das gängige Zahlensystem ausreichend beschrieben zu haben. Auf ein weiteres Blatt zeichnete er eine Weltkugel, welche von einer kleinen Sonne beschienen wurde. So wie es Kinder taten, also einen gelben Fleck mit in alle Richtung abgehenden gelben Strahlen.

In der Form einer Explosionszeichnung zog er von einem Punkt auf der Weltkugel einen Ausschnitt heraus in welchen er Berge und Häuser einfügte und eine Straße mit einem Auto. Das Ganze sah zwar reichlich kindlich aus, aber er hoffte, dass es den Zweck erfüllte.

In einem aus einem Haus herausführenden weiteren Ausschnitt fügte er schließlich eine Karikatur seines Wintergartens und sich selbst ein. Jetzt versah er die letzte Zeichnung bei ihm selbst mit einer Cote und schrieb dazu eine große Eins.

Danach versah er die Weltkugel ebenfalls mit einer Cote und schrieb daneben Sieben-Null-Null-Null-Null-Null-Null. Also Sieben Millionen. Soviel mal größer war die Weltkugel als er. Er betrachtete sein Werk und fand es zwar nicht besonders schön, aber, wie er hoffte, zweckmäßig.

Siana hatte ihm die längste Zeit bei seiner Beschäftigung beobachtet und wartete schon neugierig darauf, was er da für sie gezeichnet hatte. Als er schließlich fertig war, legte er die beiden Blätter in der mittlerweile schon gewohnten Art auf den Boden vor die imaginäre Trennlinie.

Sie sah sich sein Werk an, nickte einige Male verständnisvoll und holte ihren eigenen Block. Auf diesen begann sie ähnlich wie er mit einem, zwei und drei Punkten. Dann ließ sie einen gehörigen Zwischenraum und danach zwanzig Punkte. Darunter schrieb sie ebenso wie er die Ziffern von Null bis Neunzehn.

Dann holte sie einen kleinen Taschenrechner, gab ein paar Zahlen ein und schrieb das Ergebnis zwischen eine Kugel und ein Strichmännchen die Ziffer für Zwei, dann die Ziffer für Zehn und dann viermal die Ziffer für Null. Dieses Blatt legte sie seinem gegenüber.

Erfreut sah er, dass sie die Zeichnungen nicht nur verstanden hatte, sondern sie sofort in die adäquaten Daten ihrer Welt umgesetzt hatte. Seine Verblüffung hielt sich jedoch in Grenzen, als er sah, dass die Zeichen bei den Panflötenröhrchen nichts anderes waren als die Ziffern von Null bis Neunzehn in ihrem Zwanziger Zahlensystem. Eigentlich hätte er sich das gleich denken können. Jetzt war ihm auch klar, wieso ihm die Zeichen so vollständig erschienen waren!

Sofort nahm er ebenfalls einen Taschenrechner zur Hand und rechnete die 2A0000 (A für die Ziffer 10) aus dem Zwanziger in das dekadische System um: 8000000, also Acht Millionen. Das Verhältnis von ihrer Größe zu ihrem Planeten war also durchaus mit seinen eigenen Verhältnissen von Sieben Millionen vergleichbar!

Unmittelbar daraus folgerte er, dass sie beide sich in ihrer wirklichen Größe gegenüber standen. Das war schon eine ganze Menge mehr, als man gemeinhin erwarten hätte können! Zufrieden mit den heutigen Ergebnissen setzten sich beide ‚zu Tisch.

Begegnungen

Nachdem die ersten Versuche der Verständigung so hervorragend geklappt hatten, wurden wir zuversichtlicher und mutiger. Siana wollte als erstes unbedingt eine lautmäßige Verständigung erreichen. Sie dachte, wenn es mit der Musik geklappt hatte musste es doch auch möglich sein einzelne Laute und in der Folge Lautfolgen zu übertragen!

Sie hatte vorerst zwar noch nicht den leisesten Schimmer einer Idee, aber sie war zuversichtlich, sehr rasch eine brauchbare zu entwickeln. Aber zunächst galt es, sich ihrem Projekt zu widmen, sollte doch schon nächste Woche die Vorstellung der Wettbewerbsteilnehmer erfolgen.

Dazu wollte sie jedoch unbedingt die Meinung ihres neuen Freundes einholen. Nicht, dass sie darauf angewiesen gewesen wäre. Aber nun hatte sich die Situation grundlegend geändert. Sie wollte – sie musste! – diesen Bewerb gewinnen! Wie stand sie andernfalls vor ihrem neuen Freund da, wenn sie diese Chance verpasste?

Zwar wusste der nichts von ihrem letzten Desaster, aber er hatte ihr so viel Wohlwollen entgegen gebracht, dass sie sich verpflichtet fühlte, ihn nicht mit einem Versagen zu enttäuschen. Jedoch: Wie sollte sie ihn um seine Meinung fragen? Wie sollte er etwas Sinnvolles vorschlagen, sodass sie es auch richtig interpretierte? Vor Allem: Wie sollte sie ihm ihr Problem überhaupt beschreiben? Sie wusste ja selbst nicht einmal genau, worüber sie sich Sorgen machte! Sie musste sich erst noch etwas überlegen.

* ~ * ~ *

Leon war mit ihren und seinen Erfolgen eigentlich schon recht zufrieden. Obgleich: Das war bestenfalls ein unbeholfener, wenn nicht gar unbedeutender Beginn. Um zu einer wertmäßig sinnvollen und echten Unterhaltung zu gelangen mussten noch ganz andere Verständigungsmittel her!

Aber vorerst musste er sie um die Erlaubnis bitten, von ihr erzählen zu dürfen. Denn eines war klar, wem auch immer er von ihr erzählen würde, er oder sie würden sie um alles in der Welt sehen wollen. Und damit musste sie selbstverständlich einverstanden sein!

Er wusste auch schon wie. Er würde einen zweiten Sessel zum Tisch im Wintergarten stellen und darauf das Bild seines Bruders stellen, das halb verdeckt sein würde, so als ob er um die Ecke sehen würde. Er hoffte, dass sie das als Frage verstand.

Sofort am nächsten Morgen, noch bevor er seine Morgentoilette begonnen hatte, stellte er diese ‚Kulisse' auf. Vielleicht sah sie am Morgen ebenfalls herein und falls er Glück hatte und sie dabei sah, konnte er sogar noch heute eine Antwort auf diese Frage bekommen.

Er hatte auch wirklich Glück, denn sie kam herein, gerade als er mit der Zusammenstellung fertig war. Sie war wahrlich eine kluge Frau! Sofort begriff sie, was er von ihr wollte. Natürlich war sie im Zweifel, ob sie etwas so einschneidendes zulassen sollte. Aber nachdem er ihr bedeutet hatte, dass sie eventuell selbst auch jemanden mitbringen könnte, gab sie nach.

Siana war zwar nicht sicher, wie es ihre Schwester aufnehmen würde – jemand anderer als ihre Schwester kam keinesfalls in Frage! – aber in den letzten beiden Tagen war ihr klar geworden, dass sie unbedingt mit einer anderen Person darüber reden würde müssen. Bevor sie an dieser Sache vor Aufregung ersticken würde.

* ~ * ~ *

Also nahm sich Leon vor, noch heute seinen Bruder in die unglaubliche Angelegenheit einzuweihen. In seiner Mittagspause – eigentlich hatte er dazu gar keine Zeit, aber andererseits brannte ihm das alles unter den Nägeln – rief er also gleich seinen

Bruder an.

„Hallo Gerald! Hier Leon. Sag hast du zufälligerweise heute Abend Zeit um auf einen Sprung bei mir vorbei zu schauen?"

„Also, ich ..."

„Ja oder ja?"

„So dringend?"

„Ja! Soo dringend!"

„Na gut. Wann?"

„Ich hol dich um Halb Sieben ab. Okay?"

„Okay." Gerald seufzte ergeben ob dieses Überfalles, aber durch die Geheimniskrämerei seines Bruders war seine Neugierde angestachelt.

* ~ * ~ *

Siana rief, unmittelbar nachdem sie sich getrennt hatten, ihre Schwester an um sie zu sich einzuladen. Sie hatte zwar wenig Hoffnung, dass sie noch heute Zeit finden würde, um sie zu besuchen, aber man konnte ja nie wissen.

„Hallo Zil! Ich weiß, es ist wahrscheinlich überaus ungünstig, aber ich habe ein Problem!"

„Du und deine Probleme! Ich möchte es nur einmal erleben, dass du wenigstens eine Zeit lang keine Probleme hättest!"

„Nein, nein! Es geht um etwas ganz anderes! Es geht nicht um die eine oder andere Beziehung mit meinen Kollegen!" Sie hoffte, dass das die Neugierde ihrer Schwester einigermaßen anstachelte.

„Bei dir geht es immer nur um eine Beziehung!"

„Diesmal ist es etwas ganz anderes!"

„Also: Was willst du?"

„Ich möchte, dass du zu mir kommst. Heute noch."

„Bist du wahnsinnig? Wo soll ich so rasch Babysitter her bekommen?"

„Du brauchst keinen Babysitter. Ramta kommt schon sehr gut mit den Beiden zurecht!"

„Er weiß nicht einmal wie er sie füttern soll!"

Siana lachte lauthals auf. „Eine bessere Ausrede fällt dir nicht ein?"

„Na gut. Wann soll ich kommen?"

„Wenn du es bis zum Abendessen schaffst, wäre ich sehr glücklich!"

„Ich werde den Mittagszug nehmen. Okay?"

„Sehr gut! Vielen, vielen Dank im Voraus!"

Erstaunlicherweise hatte sie es geschafft. Sie war maßlos aufgeregt. Aber sie hatte noch nicht die geringste Ahnung, wie sie ihre Schwester darauf vorbereiten sollte, was sie erwartete!

* ~ * ~ *

„Also: Wo brennt's?" Gerald war schon fertig zum Abmarsch und hatte bereits vor dem Haus auf Leon gewartet.

„Jetzt steig erst einmal ein," zuvorkommend öffnete er für seinen Bruder den Wagenschlag, „wir müssen uns während der Fahrt noch ein wenig über einige Dinge unterhalten."

„Über deine neue Freundin?"

„Gewissermaßen."

„Kenne ich sie?"

„Das wäre über alle Maßen erstaunlich. Nein. Das wäre ein Wunder!"

„Oh, oh! Du fährst da ja Geschütze auf!"

„Lass dich überraschen. Aber zuvor etwas ganz anderes: Glaubst du an Außerirdische?"

„Oh Gott, nein! Nicht so was!"

„Nun mal im Ernst: Was hältst du davon?"

„Na ja. Nach allem was man so liest oder hört, müsste es noch eine ganze Menge an außerirdischem Leben geben. Also: Ja, ich denke, dass das durchaus möglich ist. Warum?"

„Und, wie stellst du dir sie vor? Komm jetzt nicht mit den kleinen grünen Männchen!"

„Ich hab keine Ahnung. Wahrscheinlich sehen sie entweder so aus wie wir, also ganz normal, oder auf eine dramatische Art ganz anders aus."

„Gute Antwort. Wie denkst du, wäre eine Begegnung ‚der dritten Art' mit einem Wesen, wie Spielberg es formulierte?"

„In jedem Fall: Sehr aufregend!"

„Dann wappne dich."

„WAAASS?"

„Gedulde dich nur noch ein paar Minuten, wir sind gleich da." Leon hatte bei sich im Wohnzimmer vorsorglich ein Bild seiner schönen Freundin aufgestellt, um seinen Bruder möglichst schonend auf die Begegnung mit ihr vorzubereiten. Er hatte dieses Foto ganz unauffällig geschossen, als er die beiden ‚Notenblätter' fotografiert hatte.

Selbstverständlich stach seinem Bruder das Bild sofort ins Auge. „Was um Himmels Willen ist das? Ist SIE das? Natürlich ist sie das, warum hättest du auch sonst so ein Theater um diese neue Beziehung gemacht!"

„Schon. Nur gibt es da ein klitzekleines Problem."

„Das kann ich mir gut vorstellen!"

„Nein, nicht was du wieder denkst. Wir können uns nur sehen. Es gibt keine Möglichkeit sie zu hören, zu berühren oder was auch sonst."

„Und wieso das?"

„Glaubst du nicht, dass andernfalls bereits tausende von ihnen bereits bei uns herumwuseln würden? Ganz zu schweigen von den Medien, dem Militär und hunderter selbsternannter Wissenschaftler!"

„Aha. Und was genau zeichnet gerade dich für einen Kontakt mit ihr aus?"

„Ich habe nicht die allerleiseste Ahnung! Ich war mindestens genau so überrascht wie, vermutlich, auch sie!"

„Woher weißt du überhaupt, dass es eine ‚Sie' ist?"

„Ich weiß es nicht. Es ist bloß so ein Gefühl. Ihre ganze Art und so. Was weiß ich!"

„Wo kommt ihr zusammen? Falls dieser Terminus überhaupt zutreffend ist."

„Im Wintergarten."

„Und warum gerade dort?"

„Weil dort die Grenze ist."

„Die Grenze?"

„Nun ja. Ich weiß nicht, wie ich es sonst bezeichnen sollte. Unsere beiden Welten stoßen dort aneinander. Oder gegeneinander, wenn du so willst. Aber es gibt dabei so viele Merkwürdigkeiten, dass ich gar nicht damit fertig werde, sie aufzuzählen. Nur als Beispiel: Die beiden Fußböden liegen bis auf den Bruchteil eines Millimeters auf gleicher Höhe!"

* ~ * ~ *

Als Siana nach Hause kam, stand Zildis schon vor ihrer Tür. „Hallo Zil! Schön dass du da bist. Du wirst sehen, es war unabdingbar erforderlich, dass ich diese Angelegenheit mit jemandem bespreche, dem ich vertraue. Dem ich uneingeschränkt vertraue, vertrauen kann und muss, möchte ich betonen!"

„Hallo, auch dir Siana! Jetzt mach es nicht so spannend und rück schon heraus mit der ganzen Geschichte! Jetzt, wo du mich so neugierig gemacht hast, möchte ich schon alles wissen!"

„Gemach! Gemach! Du kommst schon nicht zu kurz. Jetzt setz dich erst einmal und hör zu."

„Du machst mich richtig kribbelig!"

„Es schadet nichts, wenn du auch einmal zuwarten musst. Also: Ich weiß nicht, ob du den Bericht von Kaspris gelesen oder ob du davon gehört hast?"

„Nein, hab ich nicht."

„Auch gut. Jedenfalls ging es darum, ob es außer uns Menschen auch noch andere Intelligenzen im Weltall gibt."

„Und warum ist das interessant?"

„Weil er Recht hat. Es gibt noch andere!"

„Und du weißt das! Dir haben sie sich offenbart!"

„Gewissermaßen."

„Du scherzt!"

„Nein. Aber es kommt noch dicker: Wir können uns zwar sehen, aber ansonsten weder hören, noch riechen, noch berühren oder was auch sonst immer!"

„Was hast du dann davon?"

„Was ICH davon habe? Ist dir nicht klar, was das bedeutet? Welche ungeheure Möglichkeiten das eröffnet, fremde Welten kennenzulernen?"

„Aber wenn du sie nur sehen kannst, was bringt das schon?"

„Genau DAS ist mein Problem! Wie kann man aus dieser äußerst unbefriedigenden Situation mehr herausholen!?"

„Da ist guter Rat wirklich teuer!"

* ~ * ~ *

Falls es möglich gewesen wäre ihrer beiden Uhren zu synchronisieren, sie hätten den Zeitpunkt nicht exakter bestimmen können. Denn beide Paare traten zum absolut selben Zeitpunkt in den Raum. Gerald und Leon in Leons Wintergarten, Siana und Zildis in Sianas Fremdenzimmer.

Nach einer kurzen Schrecksekunde setzten sich die beiden Paare jedoch nieder. Gerald und Leon in die Korbsessel des Wintergartens, Siana und Zildis auf die Couch. Beide Seiten erklärten nun dem jeweilgen Partner, wie sie in den letzten paar Tagen zusammen gegessen und musiziert hatten.

„Musiziert?" Zildis war sprachlos. „Wie konntet ihr denn gemeinsam musizieren?"

Siana erläuterte ihrer Schwester, wie sie die Idee entwickelt hatte. Wie sie die Musik im Allgemeinen und Flöten im Besonderen für ein äußerst probates Mittel der Verständigung erkannt hatte. Und den überraschenden Zufall, dass ihr Freund ein überaus ähnliches, wenn nicht sogar gleiches, Musikinstrument besessen hatte!

Ihre Schwester, von Natur aus mit überragender Neugierde gesegnet, stand auf und ging zu den beiden Fremden hin. Ohne darauf zu achten, überschritt sie die ominöse Grenze und stand plötzlich vor der leeren Wand des Zimmers. Sie drehte sich um, aber außer ihrer Schwester auf der Couch sah sie nichts Außergewöhnliches. Sie ging, jetzt langsam und bedächtig, zurück zur Couch und wartete auf den Moment, in welchem sich die Sicht wieder verändern würde. Allerdings verpasste sie den Moment genauso wie zuvor, da von dieser Seite natürlich nichts zu erkennen war.

Frustriert drehte sie sich nochmals um. Wenn sie Acht gab, konnte sie diese unsichtbare Trennlinie sehr wohl erkennen. Wenn auch nur an der plötzlich veränderten Beschaffenheit des Bodens.

„Es ist schon bemerkenswert, dass sich die beiden Böden auf absolut gleicher Höhe befinden!"

Stellte sie erstaunt fest. Dann ging sie ganz nahe an diese ,Weltengrenze' heran und betrachtete die für sie so völlig fremden Geschöpfe.

„Sie haben ja so gut wie kein Fell! Wie schützen sie ihre Haut vor der Sonne? Sie können doch nicht die ganze Zeit total verhüllt herumlaufen!"

„Wer sagt dir, dass ihre Sonne genauso aggressiv ist, wie unsere?"

Siana fand an diesem Umstand nichts Außergewöhnliches.

Gerald fand das neugierige Interesse der Fremden an ihm und seinem Bruder beinahe befremdlich. Andererseits musste er sich eingestehen, dass sein eigenes Interesse um nichts geringer war. Also stand auch er auf und ging so nahe wie nur möglich an die Fremde heran.

Zildis fühlte sich sofort angegriffen. Sie fletschte ihre Zähne und stieß ein beträchtliches Gebrüll aus. Das jedoch nur Siana vernehmen konnte. Für Gerald sah es aber immerhin schon sehr bedrohlich aus. Er trat sofort einen Schritt zurück, senkte den Blick und deutete mit seinen beiden Händen eine beruhigende Geste an.

Sofort war Zildis klar, dass sie überreagiert hatte. Erstens konnte der Fremde nicht durch diese unsichtbare Barriere und zweitens hatte er ganz gewiss nicht vor ihr etwas anzutun! Mit einer entschuldigenden Geste trat sie ebenfalls einen Schritt zurück.

„Ihr seid zu stürmisch! Wenn wir so begonnen hätten, würde heute keiner von uns mehr diesen Raum betreten!"

Leon war von der Situation eher erheitert, denn betroffen.

„Ich wollte ihr ja gar nicht zu nahe treten, aber es war doch verlockend ein so fremdes Wesen aus nächster Nähe zu betrachten." Gerald war etwas frustriert.

„Wir haben die Sache offenbar besser gelöst: Mit kleinen Geschenken."

„Was kannst du ihr schon für Geschenke machen? Sie kann sie doch allerhöchstens betrachten!"

„Na und? Was ist am Betrachten so schlecht? Ich habe ihr zuallererst ein Foto von einem Leoparden … „

„Wie sinnig!" unterbrach Gerald seine Darlegung.

„… der entspannt in einer Wiese lag hier aufgestellt."

Leon war von der Unterbrechung nicht beeindruckt. Zu oft schon hatte er derbe Witze im Zusammenhang mit seinem Namen gehört.

„Das hat sie beeindruckt?"

„Ich glaube schon, denn am nächsten Morgen fand ich das Foto ihrer Schwester – ich nehme jedenfalls an, dass es sich um ihre Schwester handelte – mit deren beiden Babys im Arm!"

„Du meinst also, das da drüben ist ihre Schwester?"

„Soweit ich das anhand des Fotos überhaupt beurteilen kann: Ja."

Siana blickte zu ihm herüber und mit einer Geste, die wohl andeuten sollte, dass es Zeit für die gemeinsame Mahlzeit sei, erhob und entfernte sie sich. Leon tat daraufhin das gleiche.

* ~ * ~ *

Während des Speisens wurde kaum gesprochen. Jeder hing seinen eigenen Gedanken nach. Die beiden neuen Anwesenden mussten erst ihre Überraschung über diese unerwartete Eröffnung verarbeiten. Siana und Leon hingegen sahen sich hin und wieder verschwörerisch an, zufrieden mit der Reaktion ihrer Geschwister.

In der Hoffnung von ihnen brauchbare und leicht durchführbare Ideen für den weiteren Ausbau der Verständigung zu erhalten, berichteten sie über das bisher Erreichte. Beziehungsweise wie es zustande gekommen war. Zum Abschluss gaben sie noch ein gemeinsames ‚Konzert'. Wobei eine weitere Merkwürdigkeit zutage trat: Offenbar spielten sie – nach einer eher kurzen Verständigung – im Gleichklang!

Schön, wenn ein über ihnen stehender Gott sie gleichzeitig hören hätte können, hätte er sich möglicherweise die Ohren zugehalten, aber für ihre Belange schien es vortrefflich zu funktionieren! Sie waren sehr zufrieden mit sich und ihrer Darbietung!

Die Verabschiedung verlief im besten Einvernehmen. Nachdem Leon seinen gekonnten Diener und Siana ihre ebenfalls beeindruckende Pirouette gezeigt hatten, trennten sie sich.

Ein Königreich für eine gute Idee

In stillschweigendem Übereinkommen beschlossen sie, keine weiteren Personen mehr einzuweihen. Vorläufig jedenfalls. Mindestens eine Person auf jeder Seite musste es jedoch unbedingt sein. Man benötigte ganz einfach jemanden, mit dem man reden konnte. Nicht nur, falls es ein Problem gab, sondern grundsätzlich und überhaupt.

Siana versuchte ihren neuen Freund für ihr Projekt zu begeistern, indem sie erst einmal das Tischchen mit dem Entwurf wieder ins Fremdenzimmer schob. Sie hatte selbstverständlich mit seiner Neugierde gerechnet und Recht behalten.

Sofort als er des Entwurfes ansichtig wurde, versuchte er mit eindeutig darauf abzielenden Gesten, von ihr zu erfahren, was es damit auf sich hatte. Sie war natürlich darauf vorbereitet und hatte eine Skizze angefertigt, auf der eine Reihe derartiger Entwürfe zu sehen waren und einen von ihnen bezeichnete sie als den ihren. Ferner hatte sie am oberen Rand der Skizze eine Urkunde angedeutet.

Sie zeigte ihm diese Skizze und bedeutete ihm, dass sie gerne diese Urkunde haben möchte. Er verstand sofort worum es ihr ging und machte seinen üblichen Diener, mit dem er immer seine Bewunderung für sie zum Ausdruck brachte.

Sie deutete auf ihren Entwurf und mit einer fragenden Geste wollte sie ihn dazu bringen eine Meinung darüber zu äußern. Zwar wusste sie noch nicht, was sie gegebenenfalls mit der zu erwartenden Antwort beginnen sollte, aber sie hoffte jedenfalls auf eine Reaktion.

Leon ging ganz nahe zu dem ausgearbeiteten Gartenprojekt und besah es sich im Einzelnen. Da war eine Wiese oberhalb einer flachen Mulde, über welche ein schmaler Weg zu einem Gebäude führte. Um das Gebäude herum standen Sträucher oder kleine Bäume und zwischen ihnen gab es in geringen Abständen kleine Buchten in denen Liegegelegenheiten standen.

In der Mulde unterhalb der Wiese stand eine Art Pavillon, welcher sich auf einer Seite an ein kleines Wäldchen schmiegte und gegenüber den Blick auf die davor liegende Landschaft freigab. Das heißt, er vermutete lediglich, dass er den Blick auf diese nicht sichtbare Landschaft preisgab.

Ihm war augenblicklich klar, dass er es hübscher finden würde, wenn der Pavillon inmitten eines Teiches stehen würde. Verbunden mit einem kleinen Brückchen, nach Art des chinesischen Brückchens in Monets Garten und dazu passend einen kleinen Hain von Weiden.

Zudem würde er anstatt des einen Weges deren zwei anordnen, welche sich auf beiden Seiten der Wiese zum Haus auf dem Hügel hinauf winden würden. Vielleicht wäre, anstatt den Pavillon in den Teich zu setzen, auch der Teich neben dem Pavillon schön? Er wollte ihr das zur Auswahl vorschlagen.

Rasch skizzierte er seine beiden Vorschläge, wobei er hoffte, dass sein Werk überhaupt erkannt wurde. Denn seine Zeichenkunst ließ weitaus mehr zu wünschen übrig, denn ihre!

Sie schien zwar erfreut über sein Zutun, wusste jedoch nicht recht, was es bedeuten sollte. Ihr fragender Hinweis, indem sie auf den Teich um den Pavillon deutete war jedoch sprechend genug. Zwar hatte er das Wasser als Wellenlinien gezeichnet, aber damit konnte sie wohl gar nichts rechtes anfangen.

Also holte er eine Schüssel mit Wasser und eine Plastik-Seifenschale und ging damit zurück in den Wintergarten. Dort baute er die Schüssel auf und setzte die Seifenschale zuerst an den Rand und anschließend in die Mitte.

Ihre Augen leuchteten auf. Sie schlug eine Hand vor die Stirn und nickte ganz langsam. Sie hatte ja ebenfalls schon an einen Teich gedacht, jedoch gefiel ihr die Verbindung mit einem Pavillon ganz außerordentlich! Sie wusste sofort, welche der beiden Anregungen sie verwirklichen würde! Selbstverständlich diejenige mit dem Brückchen!

Sie deutete auf die entsprechende Skizze und bedankte sich mit ihrer eleganten Pirouette. Jetzt war das Strahlen an Leon.

Dass sie sofort einen seiner Vorschläge nicht nur gut befinden, sondern auch gleich verwirklichen würde, hätte er nicht im Traum erwartet!

Sie holte die dafür nötigen Utensilien – Dünne Holzplättchen für den Bau des Pavillons beispielsweise – und begann sofort mit dem Umbau. Mit großem Interesse verfolgte Leon ihren gekonnten Umgang mit diesen Objekten. Staunend sah er wie die derzeitige Grasfläche der tiefliegenden Wiese durch ein mit blauem Papier ausgelegten Teichbereich ersetzt wurde. Der Bau des Pavillons dauerte etwas länger, aber nachdem alle Teile aus den Plättchen ausgeschnitten waren, stand auch gleich ein sechseckiges Häuschen. Das leicht nach allen Seiten geneigte und oben spitz zulaufende Dach verlieh dem Ganzen ein gefälliges Äußeres. Jetzt wurden an den Seiten noch weitere weiße Papiere angeklebt, welche offensichtlich Fenster darstellten. Beziehungsweise die Eingangstüre. Noch rascher war das kleine Brückchen gefertigt. Die am Rand des Teiches stehenden Bäumchen waren aus Kunststoff vorgefertigte Spielzeugbäume. Den Weg vom Pavillon zum Haus am Hügel ließ sie hingegen unverändert.

Siana betrachtete ihr Werk, nickte noch einige Male zufrieden und wandte sich dann an Leon um auch seine Meinung einzuholen. Leon nickte ihr freundlich zu und klatschte in die Hände. Diese Geste verwirrte sie aber ein wenig, denn sie sah fragend auf ihre eigenen Hände. Versuchsweise schlug sie sie aneinan-der, aber es schien bei ihr keinen Erfolg zu haben.

Leon war sofort klar, dass die Innenflächen ihrer Hände, welche nicht so glatt wie bei ihm, sondern eher wie Samt waren, kaum einen brauchbaren Ton hervorbringen würden. Er deutete auf seine eigenen Hände und zeigte ihr die glatten Innenflächen. Sie sah ihre eigenen Hände an und begriff, was sie irritiert hatte. Die Unterschiede ihrer rein körperlichen Merkmale führten zu mehr unterschiedlichen Entwicklungen, als sie vorerst angenommen hatte.

Siana war mit dem Erfolg dieses Tages mehr als zufrieden und wollte Leon zu einem Festessen animieren. Dazu holte sie aus ihrer Küche nicht nur den – immer noch vorhandenen! – Rest der Toskiplammschulter, dazu noch eine Flasche ihres besten Faarsenmets und richtete alles auf einem Tablett zurecht.

Dann ermunterte sie Leon zu einem ähnlichen Festessen. Leon, der in keiner Weise damit gerechnet hatte heute ein Festessen bereiten zu müssen, war vorerst etwas ratlos. Schließlich entschloss er sich, rasch eine Pizza zu bestellen. Das dauerte sicher nicht allzu lange, sodass Siana hoffentlich noch zuwarten konnte.

Da er wusste, dass sie das Fleisch roh aß, machte er sich über die Zeit keine großen Gedanken. Er wollte die Wartezeit jedoch nicht ungenutzt vergehen lassen und dachte, dass dies eine gute Möglichkeit wäre, etwas über ihre beiden Zeitrechnungen zu erfahren.

Nachdem er ihr bedeutet hatte, dass seine Zubereitung etwas dauern würde – sie musste ja nicht wissen, dass er die Zubereitung nicht selbst erledigte! – holte er eine alte Küchenuhr – Was man aus Sentimentalität so alles aufhob! – und fragte sie, ob und wenn wie sie die Zeit maß. Natürlich hatte sie ebenfalls Zeitmesser. Sogar digitale. Sie hatte zwar keinen zur Hand, aber sie wollte mit ihrer Analoghur vergleichen.

Er zeigte ihr auf seiner alten Küchenuhr, wie spät es jetzt war und wie lange es dauern würde, bis seine Mahlzeit fertig war. Zu guter Letzt stellten sie fest, dass eine Stunde bei ihm fast gleich lang mit der entsprechenden Zeiteinheit Sianas übereinstimmte. Das war aber auch schon alles. Wie sie nach und nach durch Austausch ihrer Zeitrechnungen herausbrachten, war, dass ihr ‚Jahr' nur wenig länger als 7 Monate dauerte! Das bedeutete, dass ihr Planet sehr viel näher an ihrer Sonne lag als die Erde!

* ~ * ~ *

Für Siana war die lange Umlaufzeit von über einundeinhalb Ruun gar nicht mehr erstaunlich, da sie schon geahnt hatte, dass er einer viel sanfteren Sonnenbestrahlung ausgesetzt war als sie! Die um etwa Zwanzig Prozent größere Siellänge erklärte ihr nun auch, wieso die Tageszeiten so unterschiedlich waren! Ihr fellloser Freund musste beträchtliche Änderungen in seinem Tagesablauf hingenommen haben, damit er mit ihr zusammen sein konnte! Sofort stieg er in ihrer Achtung nochmals! In den letzten fünf Sielen hatte er fast einen ganzen seiner Tage eingebüßt!

Sie machte sofort einen Plan, wie sie ihre Termine abstimmen konnten ohne dass einer von ihnen mitten in der Nacht aufstehen musste und ohner dass er unter Tags die Arbeit vernachlässigen musste! Das war zwar alles sehr interessant, aber für sie weitaus wichtiger war die Fertigstellung ihres neu überarbeiteten Wettbewerb-Projektes! Dass die Hilfe ihres neuen Freundes sich als dermaßen erfolgreich erwiesen hatte, brachte sie in eine ungeahnte Hochstimmung. Sie rief sofort ihre Schwester an, um ihr von diesem Erfolg Bericht zu erstatten.

„Hallo Zil! Stell dir vor, ER hat mir bei meinem Wettbewerbs-Projekt geholfen! Das heißt nicht nur geholfen, sondern er hatte einen derart guten Vorschlag, dass ich ihn sofort umgesetzt habe!"

„Erst einmal: Glückwunsch zu deiner Unvoreingenommen-heit! Ich glaube, ich wäre schlichtweg erst einmal in Ohnmacht gefallen, wenn mir so etwas wie dir passiert wäre! Und die Selbstverständlichkeit, mit der ihr miteinander umgeht, kann ich nur bewundern! Wenn ich denke, wie ich gleich ausflippte als mir dieser fremde Mensch so nahe kam!"

„Ist schon gut! Lass die Lobhudelei und sag mir lieber, was du von der ganzen Angelegenheit hältst?"

„Ich weiß nicht recht. Natürlich ist es aufregend wirklich fremde Wesen kennen zu lernen. Aber was könnt ihr beide schon erreichen? Noch dazu wo ihr offenbar jede Art von Öffentlichkeit ausschließen wollt!"

„Was denkst du, wie es in unseren Wohnungen aussehen würde, wenn diese Sache bekannt werden würde! Wir müssten wahrscheinlich ausziehen. Sofern wir nicht überhaupt gleich in Gewahrsam genommen werden würden!"

„Ja, ja. Ich verstehe schon. Ich frage mich nur, wie ich

Ramta im Zaum halte. Sicherlich, er versteht die Situation natürlich. Aber ich weiß auch wie gerne er mit solchen Dingen angibt!"

„Du wirst das schon schaukeln! Aber jetzt im Ernst: Was hältst du von seiner Hilfe für mein Projekt?"

„Frag' mich, nachdem du gewonnen hast."

„Ach! Du bist nur neidisch!"

Leon hatte dieses Problem nicht. Auf Gerald konnte er sich blindlings verlassen! Er wusste, dass sein Bruder niemandem gegenüber auch nur ein unbedachtes Wort fallen lassen würde.

Wie musikalisch ist Sprache?

Inzwischen hatten sie mehrere Musikstücke ausgetauscht und dabei festgestellt, dass ihr musikalischer Geschmack offenbar sehr ähnlich war. Es war völlig unerheblich, ob er Melodien von Mozart, den Beatles, Strauss oder sonst einem aktuellen Schlagerstar transformierte. Desgleichen hörte er Kinderlieder, Sphärenmusik und schwermütige, ans russische erinnernde, Weisen.

In dieser Phase wurde ihnen bewusst, dass es unumgänglich war, das gesprochene Wort oder wenigstens das geschriebene auszutauschen! Nur: Wie sollte das geschehen? Die schönste und ergreifendste Musik konnte das Wort nicht ersetzen. Das bezauberndste und berührendste Bild nicht den geschriebenen Text!

Beide versuchten auf unterschiedlichen Wegen eine Möglichkeit dafür zu finden. Geschriebenes konnten sie ja leicht austauschen. Bei den Zahlen hatte das bestens funktioniert. Aber das war natürlich etwas ganz und gar anderes. Außerdem: Was bedeutete schon ein dem ω ähnliches Zeichen, wenn es nicht mit einem Lautwert in Verbindung stand!

Sie hatten aber immerhin festgestellt, dass die Schrift Sianas in etwa den ostasiatischen Schriften entsprach. Sowohl im Aussehen, als auch in der Vermischung von Silben und Einzelzeichen. Siana hatte Leon alle zirka zweihundert Zeichen aufgemalt, weil sie hoffte, dass er irgendwann etwas damit würde anfangen können.

All das hatten sie durch langwierige Zeichnungen und dazugehörende Mundbewegungen nach und nach herausgefunden. Manches davon war in schallendem Gelächter, beziehungsweise in beinahe schon akrobatischen Verrenkungen beendet worden.

Sie hatten jedoch immer viel Freude an den mitunter skurrillen Bemühungen, dem Gegenüber einen Sachverhalt näher zu bringen.

* ~ * ~ *

Inzwischen war zur großen Freude von Siana auch der Wettbewerb zur Durchführung gelangt. Zur Freude Sianas deshalb, weil sie mit ihrem Entwurf zwar nicht gewonnen hatte, aber immerhin Zweite geworden war. Und dazu noch deutlich vor ihrem ‚Erzfeind' Korant der nur unter ‚ferner liefen' zu finden war!

Sie heftete das dafür erhaltene Diplom gut sichtbar an die Wand wo sie es beide gut sehen konnten. Natürlich wurde dieser Erfolg auch mit einem kleinen Fest begangen. Auch wegen der permanenten Verschiebung der Tageszeiten, hatten sie ein komplexes Muster an gemeinsamen Zeiten ausgearbeitet, das sie einerseits nicht in ihrer beruflichen Arbeit behinderte und andererseits auch noch Zeit für unerlässliche Tätigkeiten ließ.

Bei ihren diversen Unterhaltungen kamen fast alle Teile der jeweiligen Kultur zur Sprache. Sie wussten bald über alle Bereiche von kulturellen und gesellschaftlichen Belangen Bescheid. So gab es auf beiden Seiten sehr ähnliche Veranstaltungen im Sinne von Theater, Konzerten und Sport. Auch alltägliche Tätigkeiten wie Schule, Beruf und Soziale Einrichtungen waren durchaus vergleichbar.

Ein gewisses Problem stellten die Fragen hinsichtlich der familiären und der politischen Situation dar. Bei beiden wollte sie nicht so recht Farbe bekennen. Leon drängte sie nicht. Es kam auch gar nicht darauf an. Es wäre wohl interessant gewesen, aber sein Seelenheil hing nicht davon ab.

* ~ * ~ *

Leon beschäftigte sich auch mit Sprachsynthese, aber was er erfuhr war nicht dazu angetan, daraus eine Kommunikationshilfe zu basteln. Wenn sie eine Lösung fanden, dann musste sie gänzlich anders aussehen! Unter dem Eindruck der Ähnlichkeiten ihres Äußeren fragte er sich, ob die Sprache an sich nicht ebenfalls Ähnlichkeiten aufwies.

Ohne medizinische Kenntnisse konnte er schwerlich den Aufbau und die Funktion des Kehlkopfes hinterfragen. Falls das überhaupt eine Rolle für die Sprachbildung spielte. Denn obwohl, wie er definitiv wusste, dass er im Unterschied zu den Primaten sprechen konnte, was diese nicht vermochten, so wusste er praktisch nichts über deren Kehlkopf! Also war es vermutlich auch egal.

Wie auch immer: Er dachte, dass er für den Anfang eine Lösung hatte! Die sollte so aussehen: Er dachte zuerst an Vokale. Die wichtigsten Vokale, ‚A', ‚E', ‚I', ‚O' und ‚U', sowie ‚Ö', ‚Ü', ‚AU', ‚EI^ und ‚EU' sollten eigentlich durch die Formung der Lippen leicht erkennbar sein! Falls das funktionierte, könnten einige besonders wichtige Konsonanten in Angriff genommen werden. Das wären in erster Linie ‚S', ‚M' und ‚L'. Indirekt wären damit, wenn auch mit Einschränkungen, auch noch ‚Z' und ‚N' gewonnen!

Probleme wird es bei ‚P' und ‚T', beziehungsweise bei deren weicheren Brüdern ‚B' und ‚D' geben. Es scheint aber lösbar zu sein. Die wirklichen Probleme kommen jedoch erst mit ‚F' und ‚K', sowie deren weichen Brüder ‚W' und ‚G'. Und überhaupt unlösbar hingegen ‚R'! Wenn er an die Chinesen dachte, war auch klar wieso. Alle übrigen Konsonanten waren entweder als irrelevant, wie die Halbvokale ‚J', ‚Y', oder sie waren durch Kombination anderer Konsonanten konstruierbar: ‚Q' = ‚KW' oder ‚GW' und ‚X' = 'KS'.

Der ganze Rest, wie ‚C' oder ‚V' waren unerheblich, da sie keine wirklich eigenen Laute bildeten. Eine Sonderstellung bildete noch das ‚H'. Aber inwieweit das erforderlich war, blieb abzuwarten. So weit, so gut. Jetzt kam es nur noch darauf an, wie sie den Beginn mit den Vokalen in den Griff bekamen.

Blieb noch die Aufgabe, seine Freundin für diese Idee zu begeistern.

* ~ * ~ *

Nachdem der Wettbewerb für sie nicht nur so glänzend gelaufen war, widmete sich Siana wieder ihrem alten Problem mit der Sprache. Auch wenn sie niemals seine Stimme würde hören können, wünschte sie sich völlig unsinnigerweise, dass er ihren Namen aussprach. Alleine, wenn er sie so ansah, während sie so beisammen saßen und alle möglichen wie auch unmöglichen Informationen austauschten, wurde ihr ganz seltsam zu Mute.

Vor allem wusste sie nicht, wie sie es anstellen sollte. Denn falls er nur ihre Lippenbewegungen nachahmte, dann hatte er ja keine Ahnung vom Klang ihres wunderschönen Namens! Oh ja! Sie war sehr stolz darauf, dass ihr ihre Eltern diesen Namen gegeben hatten! In ihren eigenen Ohren klang er wie eine Verheißung!

Sie wusste, dass es Leute gab, die Lippenlesen konnten. Also war mit den Lippenbewegungen sicherlich etwas anzufangen. Aber die Leute, die das konnten, verbanden damit doch auch automatisch das entsprechende Klangbild! Mein Gott! Wie einfach war das mit der Musik gewesen! Müsste es nicht möglich sein auch für die Sprache so etwas zu erfinden?

Aber vielleicht war die Idee mit dem Lippenlesen doch nicht gar so schlecht. Was geschah denn eigentlich beim sprechen? Sie formte eine Reihe von Worten und sah dabei in den Spiegel. Das sah nicht besonders attraktiv aus. Wenn sie die Worte jedoch gleichzeitig aussprach, dann war das Bild völlig anders. Warum? Weil sie dabei in einem ganz bestimmten Rhythmus ein- oder ausatmete!

Sie probierte verschiedene einzelne Laute aus. Diejenigen, die sie mit einem leichten Hauch aussprach, waren eigentlich ganz einfach zu erklären. Sie begann systematisch jedes ihrer Schriftzeichen danach zu ordnen, wie sie es aussprach. Zum Schluss hatte sie ein respektables Tablett voll Lauten gesammelt. Sie strich alle entbehrlichen heraus und fasste alle ähnlichen zu verschiedenen Kategorien zusammen.

Jetzt musste sie ihren neuen Freund nur noch davon überzeugen, wie sie vorgehen wollte um ihm ihre Sprache beizubringen. Unabhängig davon, ob sie je hören würde, wie er sprach. Aber für den Fall, dass ...

Versuch und Irrtum

Manche Dinge entwickeln ein Eigenleben, egal ob man das fördert oder ob man es zu verhindern sucht. Die Idee der Sprachvermittlung wurde zur Obsession. Wenig erstaunlich: Von beiden Seiten!

Als sie das nächste Mal zusammen saßen – Alleine die Zeit, die sie dafür aufzubringen bereit waren, war schon erstaunlich! – konnten sie es kaum erwarten mit ihren Ideen heraus zu rücken. Leon merkte, wie Siana – zu diesem Zeitpunkt wusste er natürlich noch nicht, dass sie so hieß! – auf ihrem Sofa unruhig herumrutschte. Inzwischen kannte er ihr Verhalten und ihre Ausdrucksweise schon recht gut um ihre Stimmung einschätzen zu können.

Er sah sie fragend an. Sie sprang sofort auf und brachte ein Blatt zur Grenze. Darauf hatte sie fein säuberlich fünf Zeichen und daneben ebenso fünf Mundstellungen skizziert. Leon erkannte sofort dieselben fünf Vokale, die auch er für den Beginn der Sprachschule ausgewählt hatte. Er deutete ihr zu warten und holte seinerseits ein Blatt, auf welches er in derselben Weise die Buchstaben A, E, I, O und U malte und daneben die so ziemlich genauen Gegenstücke der von ihr dargestellten Stellungen des Mundes.

Ihre Verblüffung war sehenswert. Sie riss die Augen auf, starrte auf ihre und auf seine Zeichnung und erkannte augenblicklich die nicht zu übersehende Ähnlichkeit. Genau genommen unterschieden sie sich lediglich durch die dazugehörenden Zeichen. Wenn es auch nur irgendwie möglich erschienen wäre, sie wäre ihm um den Hals gefallen.

Aber Leon sah die Tränen in ihren Augen. Ihre Hilflosigkeit gegenüber der unüberwindlichen Grenze schien sie in die Verzweiflung zu treiben. Sie breitete versuchsweise ihre Arme aus und trat so nahe wie möglich an diese Schranke. Er tat dasselbe und versuchte ihre geöffneten Handflächen mit seinen in Übereinstimmung zu bringen.

So standen sie eine geraume Weile. Stumm und mit verklärten Augen. Ja doch! Auch Leon war zutiefst gerührt ob ihrer Übereinstimmung. Dann begannen sie gleichzeitig diese fünf Laute langsam auszusprechen. Jeder beobachtete dabei den anderen, ob er auch tatsächlich denselben Laut produzierte. Aber es gab keinen Zweifel.

Nachdem sich beide wieder beruhigt hatten schritten sie mutig und voll Zuversicht zum nächsten Punkt. Leon versuchte es wie geplant mit S, M, N und L. Leider sahen alle vier Mundstellungen von vorne betrachtet völlig ident aus. Aber Leon hatte sich überlegt, dass der Unterschied bei der Zunge und bei den Zähnen lag. Also zeichnete er die Mundhöhle seitlich im Schnitt und dazu die geschlossenen Zähne und die zurückgezogene Zunge beim S, die offenen Zähne und zurückgezogene Zunge für M, sowie die an den Gaumen angehobene Zunge für N. Und schließlich bei geöffnetem Mund und zwischen den Lippen liegender Zunge das L.

Beide wussten, dass dies der Knackpunkt sein würde. Wenn das klappte dann hatten sie praktisch gewonnen. Wenn nicht … Na ja, man würde sich eben gedulden müssen! Zunächst versuchte Siana diese Laute, oder besser gesagt ihre Mundstellungen mit den von ihr ausgewählten, in Übereinstimmung zu bringen. Was nicht so recht gelingen wollte.

Schließlich merkte sie, dass einer wenigstens einigermaßen zu passen schien. Sie sprach ihn ganz sorgsam und beobachtete dabei ihre Zähne und ihr Zunge. Ja, das musste es sein! Es handelte sich offenbar um einen ihrer drei Zischlaute. Dass ihr das nicht sofort aufgefallen war! Sie hatte fast ihren ganzen Namen beisammen! Sie betrachtete nochmals eingehend die beiden anderen Laute. Sie mussten eigentlich sehr ähnlich klingen!

Wieder verglich sie ihre eigene Ähnlichkeits-Liste mit den ihrer Meinung nach passenden Mund-, Zahn- und Zungenstellungen. Es gab da bei den Knurrlauten eine gewisse Übereinstimmung, die sie noch näher untersuchen wollte.

Sie stellte sich wieder vor den Spiegel und probierte jeden der vier für sie infrage kommenden Laute aus. Langsam und sorgsam darauf bedacht nur nichts zu übersehen. Schließlich entschied sie sich für zwei, denen sie eine große Ähnlichkeit in Bezug auf die Mundstellungen zubilligte. Sie nahm sich ein neues Blatt, malte die beiden Zeichen samt den dazugehörenden Stellungen von Zähnen und Zunge auf, weil sie diese als unterschiedlich empfand, und die beiden Zeichen ihres Freundes dazu.

Schließlich malte sie ihre drei Zischlaute und daneben die jeweils aus ihrer Sicht passenden Stellungen von Zunge und Zähnen. Auch hier fügte sie das Zeichen des Freundes hinzu. Stolz präsentierte sie ihm ihre fertige Zeichnung. Dann zog sie diese rasch nochmals zurück und ergänzte sie mit der Zeichenfolge ihres Namens. Leicht verschämt brachte sie das Werk nun wieder zurück.

Jetzt war es an Leon große Augen zu machen. Er betrachtete lange ihre Zeichnung, dann wurden seine Augen noch größer und er sprach langsam und deutlich mit fragendem Ton ‚Si-a-na'? Wobei er mit der freien linken Hand auf sie deutete.

Sie schlug vor Freude einen Salto. Sie konnte kaum an sich halten und rannte wild in dem kleinen Raum herum, wobei sie einige Male aus Leos Gesichtsfeld verschwand. Als sie sich wieder einigermaßen beruhigt hatte, stellte sie sich vor ihn und versuchte ein Streicheln seines kargen Felles anzudeuten.

Leon machte ähnliche Handbewegungen, wobei er mehr versuchte ihren Rücken zu ‚treffen'. Dann nahm er sein Blatt nochmals zur Hand und schrieb unter den vier Buchstabenzeichnungen seinen eigenen Namen. Er zeigte das Blatt Siana und deutete fragend auf das gezeichnete L.

Sie besah sich sein Blatt nochmals und erschrak. Sie hatte dieses letzte Zeichen glatt übersehen. Rasch ging sie ihre Liste durch. Nichts, das auch nur annähernd in diese Richtung ging. Konnte es sein, dass es in ihrer Sprache diesen Laut gar nicht gab? Versuchsweise probierte sie mit dieser Stellung einen Laut zu produzieren. Aber außer Spucke kam nichts zu Tage.

Enttäuscht und mit um Entschuldigung bittender Geste trat sie zu ihm. Sie zuckte mit den Schultern und sah so kläglich drein, dass Leon ganz und gar verzweifelt wurde und hilflos versuchte irgendetwas Tröstendes zu tun. Leider fiel ihm nichts Besseres ein, als nochmals die unzulängliche Geste des Streichelns zu versuchen.

* ~ * ~ *

Siana war ganz unglücklich. Jetzt hatten sie es doch fast geschafft und trotzdem konnte sie ‚seinen' Namen nicht aussprechen! Was war das für ein Desaster! Sie musste sich unbedingt bei ihrer Schwester ausweinen.

Also rief sie ihre Schwester gleich nachdem sie sich getrennt hatten an. „Hallo Zil!" schluchzte sie ins Telefon. „Wir haben es so weit gebracht und jetzt dieses, dieses, ..."

„Jetzt mal langsam Si! Was genau ist passiert und was davon bedrückt dich?"

„Wir haben versucht unsere Verständigung weiter voranzutreiben. Das heißt nicht nur über die Musik, die Zahlen und Dinge die man halt aufzeichnen konnte."

„Und was soll das gewesen sein?"

„Wir haben versucht miteinander zu sprechen. Also nicht so wie du und ich jetzt, sondern vorerst nur mit Hilfe einiger Laute. Wir haben mit den Vokalen begonnen, das hat auf Anhieb sofort funktioniert. Und dann ... einige Konsonanten. Einige gingen ja recht gut. Jedenfalls glaube ich, dass sie gut funktioniert haben. Er hat mich sogar beim Namen genannt!" Beim Gedanken daran brach sie gleich wieder in Tränen aus.

„Na, na, na! Beruhige dich! Das war doch nicht so schlimm, oder?"

„Nein, ganz im Gegenteil! Ich war dermaßen glücklich, dass ich sofort mit Saltos durch die Wohnung gehüpft bin! Aber dann ..."

„Was dann? Jetzt lass dir nicht Alles einzeln aus deiner wunderschönen Nase ziehen!"

„Ich hab einen Laut auf seiner Zeichnung übersehen."

„Und das ist so schrecklich?"

„Nein. Natürlich nicht. Aber ich kann ihn nicht AUSSPRE-CHEN!"

„Das gibt's doch nicht! Unsere Sprache hat so viele Laute, da ist ganz einfach kein Platz für unbekannte und unaussprech-liche Laute! ... Es sei denn, ... warte einmal. Kennst du die Sipru? Die auf dieser Insel im Südmeer zuhause sind? Ja? Die haben eine ganz seltsame Aussprache, die unsereins kaum erlernen kann!"

„Ich glaube nicht, dass es so etwas Kompliziertes ist!"

„Vielleicht beschreibst du mir am besten einmal, wie dieser seltsame Laut auszusprechen wäre. Okay?"

„Also, er ist so ähnlich wie unsere Zischlaute, nur sollte dabei die Zunge zwischen den Zähnen liegen! Wenn ich das probiere kommt nur Spucke heraus! Es ist grausig!"

Zildis lachte lauthals auf. „Si, meine Liebe, du bist manchmal aber auch so einfältig, dass es einem weh tut! Ruf mich einmal ganz langsam und beobachte dich dabei. Also deine Lautbil-dung."

„Tts-Ii-Ll- ... Oh mein Gott! Bin ich dumm! Nicht zwischen den Zähnen, sondern nur an sie gedrückt! Zil du bist ein Schatz! Was würde ich nur ohne dich tun? Jetzt kann ich dir auch sagen, wie er heißt: L-e-o-n!"

„Na also! Alles wieder gut?"

„Und wie! Ich muss sofort noch einmal zu ihm!" Sie legte auf und raste zurück ins Fremdenzimmer. Wer natürlich nicht mehr da war, war er. Na ja, da kann man eben nichts machen. Er wird sich auch morgen noch darüber freuen! Hoffentlich!

Interessensgebiete

Leon war mit dem bisher Erreichten selbstverständlich mehr als nur zufrieden. Es war zwar sehr schön, was sie erreicht hatten, aber es gab auch noch jede Menge Schwierigkeiten. Beispielsweise Diphthonge wie ‚AU' oder ‚EU'. Oder spezielle Kombinationen, welche mit dem Schriftbild aber so was von gar nichts zu tun hatten, wie etwa ‚SCH'.

Aber eigentlich kam es darauf gar nicht an. Es genügte, wenn man die Worte wenigstens ungefähr intonieren konnte. Sie würden ja nicht wirklich miteinander sprechen. Im Grunde kam es ja lediglich darauf an, dass man nicht blindlings Zeichenketten ‚übersetzte', sondern ein Gefühl für den Klang der Sprache bekam.

Wozu das Verständnis der Sprache, oder eigentlich die Lautmalerei einer Sprache, denn überhaupt gut sei, wollte etwa Gerald wissen. Er sah keinen tieferen Sinn darin. Leon hingegen wusste auch nicht recht, wie er es erklären sollte. Es war eher nur so ein Bauchgefühl. Dass er nun wusste, wie seine schöne Katzenfrau hieß, war zwar sehr nett, aber letztlich ohne weitreichende Bedeutung. Wenn er jedoch den Klang ihrer Rede nicht nur verstehen sondern fühlen würde können …

Aber, Sprache war eines, von weitaus größerem Interesse, fand er, waren die dort herrschenden diversen sozialen Verhältnisse: Die familiären, die gesellschaftlichen, die politischen? Wie sah die Arbeitswelt aus, die allgemeine Bildung, die Gesundheitsvorsorge? Wie stand es um die Kunst? Gab es Tourismus? Wie sah das Verkehrswesen aus und welche Transportmittel gab es dort überhaupt?

Nicht zuletzt wollte er natürlich auch wissen, wie es dort drüben aussah: Wie war die Landschaft von Natur aus gestaltet? Wie stand es um das Verhältnis Land- zu Meeresflächen? Wie hoch wurden dort die Berge? In welchem Verhältnis standen die

Anteile der Luft? Es gab tausende und abertausende Fragen, die gestellt werden wollten!

* ~ * ~ *

Als Siana sich ihre letzten Erfolge bei der Sprachübermittlung ansah, fand sie, dass es im Augenblick reichte. Ihr erklärtes Ziel, dass Leon – sie musste still vor sich hinlächeln, wenn sie an ihn dachte – ihren Namen nicht nur kannte, sondern auch aussprechen konnte, hatte sie mehr erreicht, als sie sich zu Beginn auch nur im entferntesten vorzustellen vermocht hatte! Was sie sonst noch mit der Sprache anfangen konnten, sollte die Zukunft zeigen.

Sie dachte an den Raum, in welchen sie ‚hinein sah': Waren alle Wohnungen dort drüben mit so vielen verschiedenen Pflanzen versehen? Oder war das Zimmer ein Teil eines Gartens? Wohnten alle Menschen so? So viele Fragen, auf die sie gerne eine Antwort hätte!

Sie überlegte sich einen Fragenkatalog, den sie auch sofort in Angriff nahm: Wie hieß diese Welt? Gab es verschiedene Länder, Bezirke, Städte? Wie groß waren diese? Wie viele Leute lebten überhaupt auf dieser Welt? Gab es nur diese oder gab es mehrere bewohnte? Gab es nur eine Sprache, oder gab es viele unterschiedliche?

Wie bereits gewohnt nahm sie sich ihren Zeichenblock und begann mit der Umsetzung ihres Katalogs. Wie schon mit Erfolg angewandt, begann sie mit einer Top-Down-Strategie: Sonne > Planeten > Ihr Planet [Mirsis] > Länder > Ihr Land [Koinas] > Bezirke > Städte > Ihre Stadt [Broikum] > Häuser > Wohnungen.

Bei ihr gab es leider keine weiteren bewohnten Planeten, da es noch keine brauchbaren Transportmittel dahin gab und nebenbei auch noch gar nicht bekannt war, welche der bekannten auch bewohnbar waren. Weiter gab es auch noch das Problem der Besiedelung. Auf Mirsis lebten insgesamt gerade einmal sechseinhalb Drias! (Auf Leos Zahlen umgerechnet zirka vierhundertundzwanzig Millionen!).

Sie besah sich ihre gezeichneten Fragen und legte sie befriedigt zu den anderen gesammelten Zeichnungsblättern.

* ~ * ~ *

Leon war ebenfalls nicht faul gewesen und hatte seine drängendsten Fragen zu Papier gebracht: Familie > Großeltern > Eltern > Geschwister > Kinder > Enkel. Wie lebten diese? Im Familienverband, in losem Verband, getrennt? Wo lebten sie? In Städten, in Häusern, in der Natur?

Aber, wie meistens, hatte Siana die Nase vorn. Sie hatte bereits vor dem Treffen ihre Zeichnungen aufgebaut. Leon blieb also gar nichts anderes übrig, als darauf zu reagieren.

Aber zuerst musste er sich auf dringenden Wunsch Sianas noch gedulden. Sie MUSSTE ihm unverzüglich die Aussprache seines Namens vorführen. Und wie sie es erhofft hatte war er auch gebührend beeindruckt und belohnte sie mit einem beinahe bis zum Boden reichenden Diener!

Danach kam wieder die Arbeit. Zuerst fotografierte er ihre Bilder, wie er es gewohnheitsmäßig immer tat, druckte sie auch gleich aus und ergänzte ihre Angaben mit seinen eigenen Begriffen.

Er entschied sich für Terra anstatt Erde, weil er dachte, dass das wohl internationaler war. Bei den Bezirken ergänzte er noch Steiermark, obwohl Siana keine Angabe dort gemacht hatte. Und als Stadt Graz. Siana hatte ihre Angaben natürlich in ihrer Schrift gemacht und so machte er seine ebenfalls in seiner gewohnten Schreibweise.

Dann tat er noch ein Übriges, indem er zu den einzelnen Begriffen auch noch die ihm bekannten Daten über Größe und Bevölkerung ergänzte. Dabei benutzte er für die Größe nicht die üblichen Quadratkilometer, sondern das Verhältnis zur Gesamtfläche der Erdkugel.

Da es bei ihm natürlich keine bewohnten Planeten außer der Erde gab, trug er dort als Anzahl Bewohner ganz einfach Null ein.

Siana sah sich das Ergebnis an und bekam, wieder einmal, große Augen. Sie konnte nicht fassen, was sie da las und wollte wissen ob das tatsächlich stimmte! Hatte diese Welt, wiewohl sie kaum wesentlich größer zu sein schien als ihre, tatsächlich Platz für fast zwanzigmal so viele Bewohner?

Und erst die Stadt! Fast Zwei Tislatis! So viele Leute wohnten in ganz Koinas! Und so wie sie es verstand, war das eine Kleinstadt! Und sie hatte gedacht, ihre Welt wäre schon überbevölkert! Wo um Gottes gehen all die Leute jagen? Oder gab es bei ihnen gar kein Frischfleisch mehr? Oder gab es dort womöglich professionelle Jagdgesellschaften, die für eine ganze Stadt jagte? Sie musste das sofort hinterfragen.

* ~ * ~ *

Nachdem sie ein funktionierendes Zahlensystem hatten, musste es doch möglich sein, ein Maß zu finden, das in beiden Welten ident war, sodass sie einen echten Vergleich ihrer beiden Welten anstellen konnten. Das einzige das ihr zu diesem Thema einfiel war die Lichtgeschwindigkeit. Sie nahm wieder einmal ihren Taschenrechner und errechnete, dass das Licht den Durchmesser ihrer Welt 21,1864-mal je Pelesi durcheilte.

Und wie lange dauerte 1 Pelesi, bitte? Das müsste sich durch einen Zeitvergleich ihrer Uhren feststellen lassen. Auch wenn das nicht besonders genau war. Aber etwas genauer als bei ihrem letzten Zeitvergleich müsste es schon sein, sonst lagen die tatsächlichen Werte vielleicht viel zu weit auseinander! Wenn sie zwei oder drei Siel beobachteten, müsste es genau genug sein!

* ~ * ~ *

Als sie schließlich alles beisammen hatten, konnten sie ihre Einheiten bezüglich Zeiten und Längen endlich soweit abstimmen, dass eine genaue Umrechnung möglich war. Dabei stellten sie fest, dass Mirsis sogar einen Gutteil größer als Terra war, nämlich etwas über Elf Prozent!

Die Entfernung zu ihrer Sonne war nur etwa Dreiviertel so weit wie die von Terra. Das erklärte auch die wesentlich geringere Aggressivität von Leons Sonne. Sie wollte Leon über die großen Städte befragen. Wie groß waren dort richtige Großstädte? Wie war das mit der Fleischversorgung? Vor allem Letzteres interessierte sie brennend.

Aber Leon hatte auch jede Menge Fragen. Warum war ihre Welt derart Unterbevölkert? Hatte das Versorgungsgründe? War es ein Problem der Familien, beziehungsweise der sozialen Verhältnisse? Wie sah es bei ihnen mit Tod und Krankheit aus?

Aber Siana lehnte Auskünfte darüber strikt ab. Diese Themen seien bei ihnen tabu. Sie war nicht bereit, die von ihnen seit Generationen gepflegte Zurückhaltung gegenüber den Problemen Anderer, zu durchbrechen. Selbst als sie erkannt hatte, dass niemand aus ihrem Kulturkreis davon erfahren würde. Aller Wahrscheinlichkeit nach, denn sie wollte Leon gerne glauben, dass er Geheimnisse – und dafür hielt sie alle Auskünfte über diese Fragen – für sich behalten würde.

Das einzige, was sie ihm zugestand, waren die Verhältnisse ihrer engeren Familie, also ihre Schwester, deren Mann, und deren Kinder. Alles weitere konnte – vielleicht – später etwas ausgedehnt werden. Jetzt aber noch nicht.

Als sie erfuhr, dass die größten Städte in seiner Welt ein Drittel Drias beherbergte, rückte sie endlich mit ihrer Frage nach der Jagd heraus.

„Wo gehen alle diese Leute auf die Jagd?"

Jetzt muss einmal gesagt werden, dass diese Unterhaltung natürlich nicht in der beschriebenen Art und Weise geschah, wie sie der Einfachheit halber hier niedergeschrieben wird, sondern immer unterbrochen mit vielen Zeichnungen, extra Erläuterungen, Umrechnungen zwischen den diversen ungleichen Bezeichnungen und der Klärung von Missverständnissen jeglicher Art, wie sie eben auch bei normal geführten Gesprächen oftmals auftreten.

„Wieso Jagd? Natürlich gibt es auch Jäger, aber die Jagd ist bei uns nur so etwas wie Sport." Leon vermeinte die Frage eventuell falsch verstanden zu haben.

„Woher kommt dann das Frischfleisch?" Der Begriff Frischfleisch brachte Siana ganz schön in Bedrängnis: Wie beschreibt man frisch?

„Aus gezüchteten Tierfarmen. Von dort auf die Märkte. Auf den Märkten wird es zum Verkauf angeboten. Ist das bei euch nicht so?"

„Nur ausnahmsweise. Und dann meistens sehr teuer. Selbst zu jagen ist viel besser. Und auch gesünder. Nicht allein wegen der Frische des Fleisches, auch für die Erhaltung der Beweglichkeit und auch gegen das vorzeitige Altern!"

Hier musste Leon selbstverständlich sofort einhaken: „Wie hoch ist euer Durchschnittsalter?"

„Bei uns hier, also in Koinas, schon sechsundfünfzig deiner Jahre. Aber es gibt Länder in denen es noch bei vierzig bis fünfundvierzig liegt." Siana war ganz offensichtlich stolz auf ihr fortschrittliches Land.

Leon fand das eher bescheiden, aber da er sie nicht kränken wollte, ging er nicht näher darauf ein. „Das hatten wir so ungefähr vor zweihundert Ruun. Aber die Medizin ist in den letzten hundert Ruun sehr viel besser geworden!" Ihm fiel ein anderes noch interessanteres Thema ein: „Wie sieht es eigentlich mit dem Verhältnis Land zu Meer aus? Habt ihr große Meere?"

„Bei uns ist lediglich um den Äquator ein Meer vorhanden, das zudem an einigen Stellen so schmal ist, dass schon überlegt wurde dort Brücken zwischen den angrenzenden Ländern zu bauen. Aber der gesamte Ozean bedeckt nicht viel mehr als sieben Prozent, der Rest ist Land."

„Wie sieht es mit Bergen aus?" Leon wollte ihre Mitteilungsbereitschaft weidlich ausnützen.

Siana dachte nach. „Unser höchstes Gebirge geht bis auf einundeinhalb Lagrin. Ist das viel oder wenig?" Irgendwie hatte sie das Gefühl, sie sei in einer ‚kleinen' Welt geboren, obwohl sie um so vieles größer war, als Leons.

„Unser höchstes geht auf zehn Lagrin. Aber das soll nicht als Protzerei gesagt sein, sondern es ist offenbar so, dass unser

Planet scheinbar eine völlig andere Entwicklung genommen hat und eine völlig andere Topologie hervorbrachte. Wahrscheinlich ist die Meerestiefe bei euch ebenso niedrig wie die Gebirge. Bei uns entspricht sie durchaus auch den Gebirgshöhen!"

Siana war gegen ihren Willen beeindruckt. „Es muss ein gewaltiges Land sein, in welchem du lebst!"

Wenn Leon dachte, was alles auf seiner ach so großartigen Welt los war, kam sie ihm gar nicht mehr so gewaltig, eher schon gewalttätig, vor. „Dafür ist es vermutlich nicht so schön wie deines!"

* ~ * ~ *

Das Gespräch zwischen Siana und Leon findet natürlich nicht in einer derart kompakten Form statt, sondern ist mit vielen Unterbrechungen und immer neuen Zeichnungen und Studien derselben verbunden. Aber sie haben mit der Zeit eine sehr große Effizienz erreicht und erraten oft schon intuitiv was der andere meint.

Sie arbeiten bei ihren Unterhaltungen natürlich auch sehr viel mit Fotos und Ausschnitten aus Büchern. Eine Überraschung erlebte Leon jedoch, als er eines Tages seinen Fernseher in den Wintergarten brachte und Siana mit einem Film über Afrika beeindrucken wollte.

Dabei musste er feststellen, dass Sianas Welt weder Filme kannte noch mit Fernsehen gesegnet war. Zwar hatte sie von diesen Dingen schon einmal gehört, aber sie befanden sich offensichtlich noch in einem frühen Versuchsstadium.

Siana war ganz aufgeregt, beachtete den Film selbst erst gar nicht so richtig, und wollte ihn sofort ihrer Schwester zeigen. „Kann ich das, bitte, auch meiner Schwester zeigen? Das ist so unglaublich, dass ich mir sicher bin, dass es nicht Zildis allein wird sehen wollen. Ramta, der sehr viel mit neuen technischen Dingen zu tun hat, wird nicht zulassen, dass Zil alleine dieser Vorführung beiwohnen darf und er nicht, wo er doch so viel mehr von all diesen Dingen versteht und auch ganz sicher sofort mit ein paar dezidierten Fragen an dich herantreten wird!"

Was hatte er erwartet? Leon war selbstverständlich sofort klar, dass ein derart einschneidendes neues Erlebnis ihrer Familie nicht verborgen bleiben kann. Und Siana war dermaßen aus dem Häuschen, dass das ganz gewiss zu einem Familienausflug führen musste, an welchem natürlich die ganze Familie teilhaben würde.

Sie rief auch sofort bei ihrer Schwester an, um ihr zu sagen, was ihr hier geboten werden würde:

„Zil du glaubst nicht, was ich hier gerade sehe! Das musst du unbedingt auch sehen: Bewegte Fotos! Genau so, als würde die ganze Szene direkt vor dir in Wirklichkeit geschehen!"

„Si, ich glaube dir jedes Wort und ich höre an deiner Stimme, was davon zu halten ist. Aber leider ist es im Augenblick für mich völlig unmöglich von hier wegzukommen. Ich muss morgen zeitig in der Frühe mit den beiden Kleinen zum Arzt. Du weißt, sie brauchen jetzt noch so oft diese besonderen Medikamente gegen die Blaufieberinfektion. Aber in zwei, drei Tagen rufe ich dich an und dann sag ich dir, wann es wieder möglich ist!"

Zu ihrem Leidwesen war ihre Schwester im Moment also unabkömmlich und so mussten sie die Vorführung vertagen.

Familienbande

Leon ahnte natürlich was auf ihn zukommen würde und traf seinerzeit entsprechende Vorkehrungen, indem er ebenfalls nicht nur seinen Bruder, sondern auch dessen Frau einlud. Selbstverständlich hatte Gerald seiner Frau Andrea von der unglaublichen ‚Begegnung' seines Bruders mit der Fremden erzählt. Natürlich war Andrea genauso neugierig auf eine eigene Begegnung ‚der dritten Art'.

Leon hatte ihnen natürlich sofort erzählt, dass er demnächst die ganze Familie Sianas kennen lernen würde und dass er dieser Familie nicht alleine und einsam gegenüber sitzen wollte. Andrea, sonst gar nicht schüchtern, hatte erst gar nicht mitkommen wollen, da sie dachte, sie würde sich in der fremdartigen Gesellschaft nur wie ein Fremdkörper vorkommen. Gerald, der ja schon ein wenig Erfahrung hatte, hatte versucht ihr klar zu machen, dass auf der drüberen Seite es den Neulingen sicherlich ganz ähnlich ergehen würde und sie mit ihren Bedenken nicht alleine wäre. Mit wenig Erfolg.

Leon sagte, sie könne ja im Wohnzimmer warten und gegebenenfalls auch dort bleiben, falls sie es so wollte. Das überzeugte sie schließlich und so kamen doch beide in Leos Wohnung. Als ihr Leon sagte, dass es ‚drüben' noch ruhig sei, wagte sie einen Blick in die fremde Wohnung.

Und erstarrte, als sie plötzlich vor Siana stand, die von ihr unbemerkt, ebenfalls bereits eingetreten war. Nach einer kurzen Schrecksekunde überwand sie sich jedoch und sagte laut und betont akzentuiert:

„Guten Abend, Siana!"

Siana, die durch Leons Aussprache bereits gelernt hatte, wie ihr Name ‚aussah', erwiderte daraufhin ebenso deutlich:

„Erfolgreiche Jagd gehabt?"

Natürlich wusste sie inzwischen, dass diese Leute nicht mehr

selbst jagten, aber in dieser Art zu Grüßen war eine so einge-
fleischte Gewohnheit, dass sie überhaupt nicht darüber nach-
dachte.

„Was hat sie gesagt?" flüsterte Andrea zurück in Richtung
Leon.

„Wahrscheinlich ‚Gute Jagd!' oder etwas ähnliches. Aber du
brauchst nicht zu flüstern, sie kann's sowieso nicht hören. Und
außer ihrem Namen kann sie auch nicht Lippenlesen!"

„Was soll ich jetzt tun?"

„Nichts. Nicke ihr freundlich zu und komm wieder her." Leon
trat jetzt in den Wintergarten, stellte sich mit ausgebreiteten
Armen an die Grenze und wartete, dass Siana es ihm gleich tat.
Dann blickten sie sich eine Weile in die Augen, lösten sich
voneinander, nickten sich ebenfalls zu und wandten sich ab.

„Was war das denn?" wollten Andrea und Gerald wie aus
einem Munde wissen.

„Das ist unser Begrüßungsritual. Das machen wir ungefähr
seit dem ungefähr vierten Tag. Wir versuchen uns dann einzu-
reden, dass wir uns spüren können. Was natürlich Unsinn ist,
aber es tut der Seele gut."

* ~ * ~ *

Nachdem sich nicht nur Sianas Schwester, sondern auch ihr
Mann mit den Babys herein getraut hatten und sie sich alle
gegenseitig vorgestellt und begrüßt hatten, setzten sie sich um
den Film über Afrika anzusehen. Zu diesem Zweck hatte Leon
den Tisch und die Korbsessel so platziert, dass man einen guten
Blick auf den Fernseher hatte. Dieser stand etwas abseits, damit
auch Sianas Familie gut sehen konnte.

Sianas Schwester und ihr Mann waren ebenso aufgeregt,
wie Siana vor ein paar Tagen. Sie tuschelten miteinander, wobei
sie immer wieder einen Blick in Richtung des Fernsehers warfen,
wohl um zu sehen, ob der nicht vielleicht schon irgendetwas
außer Schwärze zeigte.

Als sich die Situation endlich etwas beruhigt hatte, schaltete

Leon den Recorder und den Fernseher ein und ließ den Film laufen. Er hatte eine Hand ständig auf der Fernbedienung um rasch reagieren zu können, falls sich irgendetwas außergewöhnliches ereignete.

Während diverse Landschaftsaufnahmen gezeigt wurden, blieben alle sehr aufmerksam und konzentriert sitzen und staunten über die bewegten Bilder. Als dann jedoch Tieraufnahmen von allerlei Herden der Serengeti zu sehen waren, wurde die Gesellschaft schon sehr unruhig und Leon hatte den Eindruck, dass gleich jemand aufspringen würde um sich auf die Jagd zu begeben.

Die Sorge war jedoch überflüssig, denn offenbar hatte Siana ihre ganze Familie bestens instruiert, sodass niemand seinen Platz verließ und auch sonst keine unerwarteten Situationen eintraten.

* ~ * ~ *

Nach Beendigung der Vorführung wollten Sianas Leute einige Szenen gerne nochmals sehen und Siana fragte Leon, ob das möglich sei. Natürlich war Leon sofort bereit, den Film nochmals im Schnelllauf durchlaufen zu lassen, wobei er darauf achtete, wann genau der Zeitpunkt kam, den sie nochmals ansehen wollten.

Es waren – natürlich, was sonst? – diejenigen Szenen, in denen zwei Löwinnen auf ein junges Gnu Jagd machten. Und es schließlich auch – zur allgemeinen Freude? – erlegten. Wieder entstand eine Tuschelei, bei der offenbar darüber diskutiert wurde, was die Jagdmethode ihrer Vorfahren von ihrer heute gebräuchlichen Jagd unterschied.

Danach setzten sich wieder alle geordnet nieder um mitsammen ein gemeinsames Essen zu zelebrieren. Leon hatte, in Anbetracht der Usancen seiner schönen Freundin auch für sich und seine Leute Fleisch aufgetischt. Zwar nicht absolut roh, wie bei Sianas Familie, aber immerhin ,englisch', also halbroh.

Nach der Mahlzeit, als sich alle nochmals gemütlich bei einer

Tasse Kaffee zurücklehnten – Was die drüben tranken, wusste Leon nicht – stand erst Sianas Schwester und etwas später auch ihr Mann auf und betrachteten die für sie doch ungewöhnliche Wohnung Leons. Leon, der inzwischen wusste, dass die Leute auf der anderen Seite nicht so gut sahen, wie seine Leute, öffnete eine der Wintergartentüren, damit der Blick in den Gartenbereich zwischen den Wohnblöcken möglichst ungehindert war. Sodann nahm er eine Kamera, die er an den Fernseher anschloss und drehte, durch die geöffnete Türe hindurch, ein Video von der gesamten Umgebung.

Auch wenn sie keine Ahnung davon hatte, wie das alles möglich war, so sah er in Sianas Augen den Stolz darüber, dass sie einen Freund mit solch unglaublichen Möglichkeiten hatte. Und Leon war ganz beschämt darüber, dass er damit auch noch so angab. Aber was soll's. Es hatte allen gefallen und darauf kam es schließlich an, Und das war gut so.

* ~ * ~ *

Als sich alle Gäste verabschiedet hatten und die beiden wieder alleine waren, setzten sie sich noch einmal zusammen und ließen den Abend Revue passieren. Danach machte Leon seinen Diener, Siana ihre Pirouette, aber bevor sie sich abwandten gingen sie nochmals zur Grenze und legten wie gewohnt ihre Handflächen gegeneinander.

Und diesmal spürten sie etwas. Sie waren ganz sicher. Sie wussten zwar nicht genau was, vielleicht so eine Art Kribbeln, aber irgendetwas war da. Aber auch wenn es bloß Einbildung war: Sie waren beide hingerissen!

Leon sah in Sianas Augen, dass es ihr genau so erging, wie ihm selbst. Er konnte sich nicht entschließen, seine Handflächen von ihren zu lösen. Er wagte nicht einmal kräftig durchzuatmen. In seinen Augen stand in riesengroßen Lettern „Spürst du das ebenfalls?"

Natürlich antwortete Siana nicht direkt, aber ihre Augen wurden größer, sie begannen richtiggehend zu strahlen und er

‚spürte', dass sie ihrerseits ihre Handflächen noch kräftiger gegen seine drückte, bis er schon den Verdacht hatte, sie würde durch ihn hindurchgreifen.

So blieben sie noch minutenlang unbeweglich stehen, ohne ihre Hände und ihre Augen voneinander zu lösen. Er hatte unwillkürlich den Wunsch sie zu küssen, was natürlich aus unterschiedlichen Gründen reiner Unfug war, da er keine Ahnung hatte, was das gegebenenfalls für sie bedeuten würde.

Unabhängig davon, ob es ebenfalls zu einer gefühlten Berührung kommen würde oder nicht, er musste sich diese Art von intimem Kontakt in jedem Fall grundsätzlich und für alle Zeiten verbieten – er durfte nicht einmal an derartiges denken!

Was er jedoch nicht verhindern konnte, war, dass er die ganze folgende Nacht nicht schlafen konnte. Immer wieder versuchte er, dieses unerwartete Gefühl wieder zu spüren um es richtig auskosten zu können. Er konnte sich zwar in keiner Weise erklären, wie und warum es dazu gekommen war, beziehungsweise erst recht nicht, ob es überhaupt real war.

Es musste jedoch real gewesen sein, denn er hatte gesehen, dass Siana in der gleichen Weise wie er reagiert hatte. Einbildung ist gut, aber das kann keine, konnte keine Einbildung gewesen sein!

Er nahm sich vor, sie bei nächster Gelegenheit zu fragen, ob sie ebenfalls eine schlaflose Nacht verbracht hatte. Er dachte mit Schaudern an den nächsten Tag, an dem er vermutlich keine vernünftige Arbeit würde leisten können!

Enttäuschung?

Siana wollte gar nicht wissen, ob es real war, oder ob sie es sich nur eingebildet hatten. In der ersten Euphorie wollte sie es sofort und gleich noch einmal probieren. Aber dann sagte sie sich, dass es sicherlich nur der davor liegenden Ausnahmesituation geschuldet war. Dass ihre Nerven nur aufgeputscht waren und sie etwas spüren WOLLTEN!

Wenn sie es beim nächsten Treffen nochmals und unvoreingenommen – hoffentlich! – probierten, würde es sich erweisen, ob etwas dahinter steckte, oder nicht. Aber was konnte dahinter stecken? Nichts hatte bisher darauf hingedeutet, dass es mehr als eine Sichtverbindung gab!

Was, wenn ihre biologische Umwelt nicht zusammen passte? Wenn die Luft die sie atmeten für die andere Seite giftig war? Was, wenn schon durch kleinste Keime Krankheiten übertragen wurden, welche tödliche Epidemien auslösten? Oder wenn, ganz harmlos, für die andere Seite der diesem Ort eigene Geruch unerträglich war?

Es gab tausende Gründe, warum eine direkte Verbindung unerwünscht war! So sehr sie sich auch wünschten, sich direkt austauschen zu können, so sehr mussten sie es auch zur eigenen Sicherheit und ganz besonders vor allem zur Sicherheit der gesamten Ökologie ablehnen!

Aber wenn es eine Art ‚Berührungszone' gab, konnten sie eventuell ein wenig mehr austauschen, als nur das, was mit Bildern und Gesten möglich war! Sie musste ganz einfach abwarten, was sich ergab.

* ~ * ~ *

Leon dachte, genau wie Siana, an alle Probleme die ein direkter Kontakt verursachen mochte. Aber er dachte auch wissenschaftlich. Und das hieß, dass vorerst zu klären war, worin die Verbindung dieser beiden Welten bestand. Bisher hatte er es verabsäumt sich darüber Gedanken zu machen. Die Angelegenheit war viel zu aufregend und unglaublich, als dass er sich mit physikalischen Problemen beschäftigt hätte!

Nun jedoch, falls es tatsächlich so etwas wie eine Berührung gab, hatte sich die Situation grundlegend geändert. Die hauptsächlichste Frage war: Was hatte die Sichtverbindung ermöglicht? Was ermöglichte eine Berührungsverbindung? Welche physikalischen Effekte waren für alle diese ‚Wunder' verantwortlich? Wo lagen die Grenzen dieser Verbindung? Wie groß war denn die derzeit sichtbare Verbindungsfläche? Oder war es nicht nur eine Fläche? War es womöglich gar ein Raum? Jedenfalls: Wodurch und wie wurde sie, die Fläche, oder er, der Raum, begrenzt? Gab es eine Art Durchdringung oder doch nur eine tangentiale Berührung?

Sie müssten zuerst einmal versuchen, die Grenzen abzustecken. Aber vorerst hieß es ganz einfach: Abwarten.

* ~ * ~ *

Ihr nächstes Treffen war geprägt von vorsichtiger Erwartung. Beide versuchten sich so natürlich wie nur irgendwie möglich zu verhalten. Was selbstverständlich unmöglich war. Sie waren beide viel zu aufgeregt. Ja man konnte sagen, sie standen unter Strom. Unter Hochspannung, um genau zu sein.

Dennoch wurden sie sich rasch darüber einig, dass sie erst einmal die genaue Grenze ihrer Verbindung feststellen wollten. Die auszumessen war einerseits einfach und andererseits auch wieder nicht. Denn sie konnten, so wie sie ihre Räumlichkeit gegenüber wahrnahmen, eine klare Linie festlegen bis zu der sie die andere Seite sahen. Wenn sie jedoch versuchten diese so gesehene Grenze auf beiden Seiten zu markieren, dann stimmten diese Markierungen nicht überein!

Andererseits konnten sie durch diese unsichtbare Wand ohne jedwede Beeinträchtigung durchschreiten, worauf die andere Seite augenblicklich verschwand. Bis sie diese Grenze in der Gegenrichtung wieder überschritten hatten. Auch dabei gab es unterschiedliche Sichtweisen. Während Leon im Rückwärtsgang die Grenze wieder durchschritt, konnte Siana ihn bereits wieder sehen, er sie jedoch noch nicht.

Es musste also so etwas wie eine Überschneidung geben, an der beide Bereiche Anteile hatten. Sie entwarfen sogleich die Theorie, dass, wenn sie sich in diesem Überschneidungsraum berührten, sie etwas spüren konnten! Sofort machten sie die Probe aufs Exempel.

Und wurden enttäuscht. So ging's offensichtlich nicht. Aber wie dann? Theorien waren nur solange brauchbar, als sie bei Wiederholung dasselbe Ergebnis zeitigten. Also alles auf Anfang.

Fest stand, sie konnten die Überschneidung nicht ,dingfest' machen. Die Grenzen waren offenbar fließend. Oder zumindest unscharf. Da war guter Rat nicht teuer sondern schier unerreichbar. Sie mussten sich der Sache auf andere Weise nähern.

* ~ * ~ *

Als Leon die Angelegenheit mit Gerald besprach, auch mit dem Hinweis auf die vermutete gespürte Berührung, meinte der, dass man überlegen müsste, wieso es eigentlich eine ausschließlich visuelle Überschneidung mit dieser fremden Welt geben sollte. Was auch immer in dieser Welt sichtbar war, war auch in irgendeiner anderen Form wahrnehmbar. Die Sichtbarkeit konnte nicht die einzige Verbindung sein. Egal wodurch diese seltsame und unglaubliche Situation entstanden und letztlich, wenigstens bis jetzt, auch aufrechterhalten wurde, es musste mehr dahinter stecken.

Vielleicht war die Tatsache, dass die Grenze fließend war, ein Hinweis darauf, wie weiter vorzugehen war. Einmal angenommen, die beiden Öko-Systeme wären nicht kompatibel, dann wäre diese Tatsache allein schon ein Hinweis darauf, wieso es bisher zu keiner Vermischung gekommen war. Falls die beiden Systeme jedoch kompatibel waren, dann stellt sich sofort die

Frage: Warum entstand dann überhaupt diese unmögliche Verbindung?

Sinnvollerweise musste man daher von einer völlig zufälligen Kollision der beiden Welten ausgehen. Und diese Kollision musste jetzt mehr oder weniger selbst entscheiden, ob und wie eine Vermischung möglich ist, oder nicht. Klar ist, dass kaum eine höhere Macht dahinter stand, denn was sollte damit erreicht werden? Zwei unbedeutende Individuen beider Welten konnten nicht maßgeblich für eine intergalaktische Veränderung sein!

Immer vorausgesetzt, dass es sich tatsächlich um zwei getrennte Welten desselben Universums handelte! Nichts, aber auch rein gar nichts, deutete darauf hin, dass beide aus demselben Universum entstammten. Andererseits war es genauso gut möglich, dass es sich quasi nur um zwei Nachbarwelten handelte, deren Sphären sich irgendwie zufällig zu nahe gekommen waren.

* ~ * ~ *

„Wir wollen es wissen!" Leon und Siana hatten mitsammen vereinbart, sich sozusagen gegenseitig durch die ‚Mauer' zu ziehen. Sie wollten das so erreichen, indem sie Millimeter für Millimeter innerhalb dieser Grauzone der Überschneidung versuchen würden, dieses Berühren nochmals zu spüren.

Sie gingen ganz einfach davon aus, dass sie sich nicht geirrt hatten. Es musste ganz einfach real gewesen sein. Also nahmen sie die entsprechende Position ein und begannen mit ihrem langsamen Durchschreiten der Zone. Nach etwa einer halben Stunde waren sie durch die dauernde Anspannung bereits so erschöpft, dass sie abbrechen wollten.

Aber unmittelbar bevor sie die Arme senkten – sie hatten vereinbart sich durch bestimmte Augenkontakte abzustimmen – kam der jetzt schon fast nicht mehr erwartete aber erlösende Kontakt! Sie hielten augenblicklich in ihrer gemeinsamen Bewegung inne. Sie erstarrten gewissermaßen.

Sie wollten, sobald sie diese Position wiedergefunden

hatten, so etwas wie einen Tanz wagen. Das heißt, sie wollten sich um diesen imaginären Mittelpunkt drehen und dabei beobachten, wann, wie und ob der kaum spürbare Kontakt abbrach. Oder, und das war ihre gemeinsame Hoffnung, sie gewissermaßen eine Art Blase in die andere Welt mitnehmen konnten.

Wie sie sich in dieser Blase zu bewegen vermochten, beziehungsweise ob sie überhaupt die Blase aufrechterhalten konnten. Konnten sie in der anderen Welt auch nur überleben? Oder wurden sie in ein unbekanntes und womöglich tödliches Nirwana geschleudert? Sie waren sich dieser Gefahr durchaus bewusst. Und sie nahmen sie auch bewusst in Kauf.

Sie nickten sich kaum merklich zu und begannen, ihre Hände weiterhin gewissermaßen aneinander gepresst, sich im Uhrzeigersinn zu drehen. Zuerst beobachteten sie keinerlei Änderung. Das Gefühl der Berührung blieb auch mehr oder weniger unverändert. Aber urplötzlich änderte sich alles.

Erwartungen

Siana merkte es als Erste. Aus den Augenwinkeln sah sie plötzlich eine Glastüre, die in einen anderen Raum führte. Vor Schreck schlug sie ihre Hand vor den Mund – und unterbrach damit den Kontakt.

Zuerst schien es, als würde alles durchsichtiger, verschwommener, unwirklicher. Aber schon nach kürzester Zeit stabilisierten sich die zerfließenden Konturen wieder. Siana fing sich etwas und begann sich bewusst umzusehen. Zu allererst sah sie jedoch, ein klein wenig in Panik, ob sie Leon sehen konnte. Leon stand, offenbar ebenso versteinert wie sie, mitten in ihrem Fremdenzimmer.

Nachdem sie sich also versichert hatte, dass auch ihm nichts passiert war, versuchte sie einen kleinen Schritt nach links. Nichts passierte. Nichts Dramatisches wenigstens. Versuchsweise ging sie um das kleine Tischchen herum zu der Fensterfront um hinaus zu sehen. Zwar hatte sie erst zuletzt durch die Übertragung, die Leon mit der Kamera über den Fernseher abgespielt hatte, bereits einen Überblick gewonnen, aber der direkte Blick in diese unbekannte Welt war doch faszinierend!

Sie sah in eine Art Hof – jedenfalls standen an wenigstens drei Seiten Häuser – der etwas Gartenähnliches hatte. Viel Wiese, einige Sträucher, ein Baum und dazwischen Steinwege. Zumindest sahen sie aus wie aus Stein. Die Häuser hatten sämtliche fünf oder sechs Etagen. Leons Wohnung lag in der vierten Etage. Wahrscheinlich, sie konnte das nicht gut abschätzen, da sie sich nicht getraute den Kopf durch das offene Fenster zu stecken.

Jetzt wurde ihr erst bewusst, dass sie von ihrer Welt vollständig getrennt war! Sie versuchte sich im spiegelnden Fensterglas zu sehen. Was sie dabei sehen konnte, war nichts Ungewöhnliches. Sie sah an sich hinab, auch da war nichts Besonderes. Sie sah wieder zu Leon hinüber, der nicht mehr am ursprünglichen Platz stand, sondern ebenfalls einige Schritte in den Raum hinein gemacht hatte.

Noch während sie überlegte was sie noch tun könnte, verschleierte sich ihr Blick und alles um sie herum wurde wieder so seltsam durchsichtig. Sie tat noch einen raschen Schritt in Richtung ihres Zimmers, dann wurde sie ohnmächtig.

* ~ * ~ *

Als Siana den Kontakt unterbrach, war Leon, ebenso wie Siana, von den zerfließenden und sich dann wieder stabilisierenden Konturen umgeben. Im nächsten Augenblick wurde ihm klar, dass er sich in dem Raum der anderen Welt befand! Zwar war dies genau das Ziel ihres Experiments gewesen, aber dennoch war es verblüffend. Sie hatten beide nicht wirklich erwartet, dass es funktionieren würde!

Er drehte sich um, sah einen kleinen Ausschnitt ihres Wohnzimmers, aber sonst nichts Ungewöhnliches. Er ging zur Couch um ihre Weichheit zu prüfen. Dabei stellte er fest, dass er sie nicht wirklich berühren konnte. So etwas wie ein Film umgab seine Hände. Und nicht alleine seine Hände, sondern den gesamten Körper!

Das hieß offensichtlich, dass sie sich nicht in der anderen fremden Welt, beziehungsweise deren biologischen Umgebung, befanden, sondern nur in so etwas wie einer Blase, die sie weiterhin mit ihrer eigenen Welt verband! Das hieß wiederum, dass sie sich nicht zu weit von der Grenze der beiden Welten entfernen durften, da sonst womöglich der Kontakt abriss. Und was das bedeutete, war unvorhersehbar.

Vorsichtig ging er wieder zurück zur unsichtbaren Trennwand. Er sah zu Siana hinüber und erfreute sich an ihrer Neugierde. Da brach sie mitten im Wintergarten zusammen.

* ~ * ~ *

Leon stürzte, ohne an etwaige Folgen zu denken, zurück

über die Grenze zu Siana und fing sie auf, noch bevor sie am Boden lag. Auch jetzt konnte er sie nicht wirklich spüren. Aber er hatte sie nichtsdestotrotz auf seinen Armen liegen – sie war viel leichter, als er erwartet hätte! – und lief schnurstracks mit ihr wieder zurück zur Grenze. Vorsichtig schob er sie, die Arme am Boden ausgestreckt, zurück in ihr Refugium.

Erstaunlicherweise funktionierte das. Zwar konnte er seine eigenen Arme nicht mehr sehen, aber sie schien auf ihrer Seite ‚gelandet' zu sein. Gott sei Dank! Er hoffte, dass die ganze unüberlegte Aktion nicht vergebens war! Indem er seine Arme wieder vorsichtig zurückzog, um Siana langsam von ihnen herunter gleiten zu lassen, damit sie nicht auf den Boden polterte, hatte er alles getan, was ihm möglich war.

Bei dem Gedanken an ihre Leichtsinnigkeit wurde ihm ganz schlecht. Er blieb ebenfalls am Boden sitzen und wartete stumm darauf, dass sie wieder zu sich kam. Zuerst sah er gar nichts. Er achtete darauf, ob er sie atmen sah, ob sich ihr Brustkorb hob oder senkte. Ganz sachte, so als ob sie versuchen würde den Atem anzuhalten, bewegten sich ihre langen Haare um die Mundpartie. Er hatte bis jetzt nicht darüber nachgedacht, aber es schien sich tatsächlich um Schnurrhaare zu handeln.

Glücklicherweise dauerte es keine zwei Minuten bis sie wieder normal atmete. Dann öffnete sie auch ihre Augen, wusste scheinbar einen Moment lang nicht wo sie war. Drehte ihren Kopf langsam in seine Richtung und versuchte zu lächeln.

* ~ * ~ *

Siana wusste nicht gleich, wo sie war. Sie sah sich verwirrt um, dann entdeckte sie ihre Couch und wusste, dass sie daheim war. Man sah ihr ihre Erleichterung an, als sie das herausgefunden hatte. Langsam drehte sie sich zu Leon um und sah ihn fragend an.

„Ich habe dich zurück befördert", sagte er und deutete mit den Händen den Vorgang an. „Du warst bewusstlos." Wieder machte er entsprechende Gesten, bis sie verstand.

Sie nickte ihm zu und deutete eine Verbeugung an. „Was ist passiert?"

Leon versuchte, so gut es ging, den gesamten Vorgang, so wie er ihn beobachtet hatte, mit Gesten zu beschreiben. Inklusive seiner eigenen Panik, die ihn zu der heillos übereilten Rettungsaktion veranlasst hatte.

Siana holte wieder ihren immer paraten Block hervor und versuchte ihm zu erläutern was sie ‚erlebt' hatte. Danach hatten sie beide fürs Erste von den Experimenten genug.

* ~ * ~ *

Leon, der ein wenig von Physik verstand, erklärte sich die ‚Blase', welche sie bei ihrer gemeinsamen Drehung quasi ‚mitgenommen' hatten, so: Die Punkte, an denen sie ihre Berührung ‚spüren' konnten, ‚verketteten' die beiden Welten, sodass sie eine Art Ausbuchtung bildeten. Diese derart entstandenen Ausbuchtungen nahmen sie auch nach der Trennung mit.

Der Haken dabei war jedoch der in dieser Blase vorhandene Luftvorrat! Sobald der verbraucht war, bestand die Gefahr des Erstickens. Deshalb war Siana, die wohl der Aufregung zufolge heftiger geatmet hatte, ohnmächtig geworden.

Die Frage, die sich daher sofort stellte, war: Wie groß war die Blase und wie könnte man sie gegebenenfalls vergrößern? Ein Sauerstoffgerät, so wie es von Tauchern verwendet wurde, war sicherlich eine Möglichkeit. Was war jedoch, wenn die Blase nach dem Verbrauch des mitgenommenen Luftvorrates ‚platzte'? Dann half auch kein Sauerstoffgerät, dann war man in der fremden Welt gefangen! Nicht nur gefangen, man war schlagartig ihrer biologischen Umwelt ausgesetzt! Also vielleicht doch keine so gute Idee!

Wenngleich sich die beiden Milieus auch nicht vermischt hatten, so mussten sie doch gewisse Ähnlichkeiten aufweisen! Beispielsweise musste der Druck annähernd gleich sein, sonst würde die Grenzregion bestimmt nicht so ‚glatt' verlaufen! Oder doch? Ach, war ja auch egal.

* ~ * ~ *

Siana, die sich inzwischen wieder einigermaßen von ihrem erlittenen Schock erholt hatte. War nicht gewillt, so rasch aufzugeben. Sie überlegte, wie sie die Aufenthaltsdauer in der fremden Umgebung verlängern konnte, ohne ihr Leben aufs Spiel zu setzen. Sie wusste, dass sie beispielsweise bei einer Jagd sehr viel Energie und Atemluft sparen konnte, wenn sie nur ganz flach atmete und ihre Bewegungen sparsam einsetzte. Das müsste auch bei diesen ‚Ausflügen' einiges bringen!

Sie wollte daher das Experiment so bald als möglich wiederholen. Sie musste lediglich Leon davon überzeugen, dass sie nicht leichtsinnig handeln würde. Leon! Was war er doch für ein fürsorglicher Mann! So einer wäre ihr wohl auch als Gefährte willkommen! Sein rasches und überlegtes Handeln hatte ihr nicht nur vermutlich das Leben gerettet, sondern sie auch über die Art seiner Einstellung anderen Lebewesen gegenüber informiert.

Das Handeln bei derartigen unerwarteten Situationen sagte sehr viel mehr über den Charakter eines Menschen aus als viele Worte! Wenn es nicht so abstrus geklungen hätte würde sie sagen, dass sie sich in diesen Fremden verliebt hatte!

Und sie wollte noch eine weitere Vorsichtsmaßnahme ergreifen: Beide, also sowohl sie als auch Leon sollten sich immer in der Nähe des Anderen aufhalten, sodass wenigstens theoretisch eine helfende Hand zur Stelle war, falls etwas passierte!

Erkundigungen

Bevor sie sich jedoch auf weitere Experimente einließen, wollte Siana unbedingt wissen, ob in Leos Welt alle Häuser so hoch und alle Städte mit so viel Grün ausgestattet waren. Und wie man so großartige Sträucher, oder waren es gar Bäume? in einem Raum in solcher Höhe wachsen und blühen lassen konnte.

„Wie hoch sind denn eure Häuser? Und habt ihr keine Pflanzen in euren Wohnungen?"

Leon war etwas verblüfft über Sianas Fragen.

„Maximal zwei Etagen. Also ein Erdgeschoß und eventuell noch einen eher kleinen Aufbau. Aber mehr nicht."

„Dann ist auch klar, wieso eure Städte zwar groß, die Einwohnerzahl aber eher klein ist! Und wieso habt ihr keine Pflanzen in der Wohnung?"

„Es ist nicht so, dass wir gar keine Pflanzen haben! Aber nur Blumen und so was, eben keine ‚wachsenden' Pflanzen! Sie hätten in den Räumen viel zu wenig Luft und Licht!"

Siana war nicht klar, wie sie eine wachsende Pflanze in ihrer Wohnung hätte mit ausreichend Licht, Luft und Mineralien, ganz zu schweigen von Wasser versorgen hätte sollen.

Diese offensichtlich erforderliche Einschränkung verstand wiederum Leon nicht.

„Aber man kann doch die Fenster wenigstens einen Spalt breit öffnen, sodass die Räume den ganzen Tag belüftet werden. Außerdem kann man die Fenster auch groß genug gestalten, damit genügend Licht hereinfällt!"

Jetzt konnte Siana endlich ihre schon seit längerem in ihr schwelende Frage loswerden:

„Ich habe mich schon die ganze Zeit über gewundert, wie groß deine Fenster sind. Bei uns sind die größten vielleicht ein Viertel so groß. Außerdem sind sie furchtbar teuer!"

„Aber ich habe doch bei deinem Projekt gesehen, dass du

den ganzen Pavillon verglast hattest!"

Leon war einigermaßen verblüfft.

„Ja. Aber das war eigentlich nur ein Wunschtraum! So etwas könnte bei uns gar nicht gebaut werden. Und wenn doch, gebe es kaum jemanden der es sich leisten könnte!"

Siana klang ein wenig verunsichert.

Nun war Leon urplötzlich klar, was ihm schon seit längerem gestört hatte. „Darum war es bei dir in der Wohnung auch so düster!"

Siana war beinahe verärgert.

„Mir würde deine auch besser gefallen!"

Leon wusste sofort, dass er einen groben, oder wenigstens einen unbedachten, Fehler begangen hatte.

„Entschuldige! So war das nicht gemeint! Ich wollte dich nicht kränken! Ich hab' es auch nur als Vergleich gemeint, nicht als Urteil!"

Er wusste nicht recht, wie er sich angemessen bei ihr entschuldigen sollte.

Aber Siana hatte sich bereits wieder beruhigt und winkte nur noch entschuldigend ab, so als wäre es ihr Fehler gewesen. Jetzt war Siana richtiggehend erstaunt!

„Du kannst die Fenster öffnen? Ich habe mich schon gewundert, wie das mit dem gläsernen Fenster bei Regen – Es regnet doch bei euch auch hin und wieder, oder? – funktioniert! Heißt das, du kannst dieses Fenster verschließen?"

Sie konnte nicht glauben, dass solche Dinge, welche ganz offensichtlich so einfach waren, dass man nicht weiter darüber nachdenken musste, völlig normal waren.

Leon musste sich erst vergegenwärtigen, dass es in Sianas Land noch immer Dinge gab, deren Gebrauch scheinbar auf unüberwindliche Probleme stieß. „Ja, und zwar ganz einfach indem ich die zur Seite geschobene Scheibe wieder zurückschiebe!"

Zur Demonstration trat Leon an das beschriebene Fenster, zog es zu und öffnete es anschließend wieder.

„Siehst du? Es ist ganz einfach!"

Siana nickte verständig. „Unglaublich! Ich hätte viel zu viel Angst, dass das Glas in diesem schmalen Rahmen bricht. Und dann müsste ich wer weiß wie lange warten, bis ich mir ein neues Glas leisten könnte!"

Leon, der sich erinnerte, dass vor etlichen hundert Jahren die Leute ganz ähnliche Probleme hatten, – man hatte sich damals mit Butzenscheiben beholfen, aber das ging selbstverständlich auf Kosten des Lichteinfalles und auch auf Kosten der Durchsichtigkeit! – nickte verständnisvoll.

„Ich verstehe schon. Gott sei Dank ist bei uns Fensterglas so billig, dass man sich darüber keine Sorgen mehr machen muss!"

„Ich habe gesehen, du hast sogar eine Glastüre! Ich habe bis jetzt gedacht, das sei eine Täuschung gewesen, aber jetzt glaube ich, dass es doch keine Täuschung war!"

Siana hatte nun wenigstens einen Teil der Pflanzenhaltung verstanden. Dennoch gab es noch eine Reihe weiterer Punkte, die sie unbedingt geklärt haben wollte.

„Wie ist das mit der Bewässerung und der notwendigen Versorgung mit Nährstoffen für die Pflanze?" wollte sie daher wissen.

Das war für Leon kein Problem. „Die Pflanzen werden in einem großen Topf voll Erde gehalten, welche in regelmäßigen Abständen gedüngt werden muss. Außerdem habe ich ein Bewässerungssystem, das jeden Tag morgens die Pflanzen mit ausreichend Wasser versorgt."

Er ging wieder zurück zu den Töpfen, nahm eine der kleinen Spenderkegel mitsamt dem zugehörigen Schlauch heraus und zeigte sie Siana. Dann deutete er noch auf die großen Wasserkübel, aus denen die Schläuche mit Wasser versorgt wurden.

Siana war beeindruckt. „So einfach geht das? Und wie oft musst du die Kübel mit frischem Wasser versorgen? Woher nimmst du überhaupt das viele Wasser?"

„In der Küche habe ich einen ganz normalen Wasseranschluss, von dem ich jederzeit beliebig viel Wasser entnehmen kann. Das Wasser wird genauso wie der elektrische Strom in jede

Wohneinheit geleitet."

Leon hoffte, dass diese Auskunft ausreichend war und keine neuen Probleme für Siana heraufbeschworen. Aber Siana war noch nicht ausreichend zufrieden gestellt.

„Heißt das, du hast so etwas wie einen kleinen Bach durch deine Wohnung fließen?"

Leon war am Verzweifeln. „Nein, das Wasser kommt in kleinen Rohren aus einem großen, einem sehr großen, Wasserbehälter irgendwo in der Stadt."

Jetzt endlich schien Siana einigermaßen zufrieden gestellt.

* ~ * ~ *

„Ihr habt also keine ‚Bewegten Bilder', keine Filme. Wie ist das dann mit Kino, mit Fernsehen? Habt ihr Fernsehen, oder war das für euch ebenfalls neu?"

„Was ist Kino? Was ist Fernsehen?"

Siana wusste offensichtlich nichts mit diesen Begriffen anzufangen.

„Der Bildschirm, mit dem ich euch den Film über Afrika gezeigt habe ist eigentlich erst in zweiter Linie ein Vorführgerät. In erster Linie dient er dazu die zentral ausgestrahlten Sendungen, wie allgemeine Nachrichten oder Dokumentationen in jeden Haushalt zu übertragen." Leon versuchte auf möglichst einfache Weise eine Erklärung abzugeben.

„So wie Radio?" Siana war klug genug diese Verbindung herzustellen.

„Ganz genau! Nur eben mit Bildern und nicht nur gesprochene Worte."

„Toll. Nein, so etwas haben wir noch nicht. Aber ich hab schon gehört, dass an diesen Dingen geforscht wird."

Siana wollte nicht gänzlich hinterwäldlerisch erscheinen. Glücklicherweise hatte sie als Lehrerin doch einige Vorteile gegenüber einfacheren Leuten. Aber auch Leon hatte noch die eine oder andere Frage auf seiner Liste.

„Ich habe deiner Überraschung über die Höhe unserer

Häuser auch entnommen, dass ihr kaum mehr als zweietagige Häuser baut. Ist das nur in deiner Stadt so, oder gibt es auch Gegenden, in denen höher gebaut wird?"

Sofort fühlte sich Siana wieder in eine Verteidigungsstellung gedrängt. „Es gibt schon Versuche, aber die Baumaterialien sind offensichtlich nicht, oder noch nicht, dafür geeignet."

„Und womit baut ihr?" fragte Leon daher sofort.

Siana dachte kurz nach. „Hauptsächlich mit Holz, wenig mit Eisen oder anderen Materialien wie Stein."

„Ja, das ist schwierig. Aber was ist mit Steinen?"

Leon dachte, dass bei sich zu Hause die Menschen schon vor tausend Jahren Steinhäuser gebaut hatten und nicht nur niedrige.

„Schwer zu bearbeiten, schwer zu heben." Siana dachte, das musste doch jeder einsehen.

„Und Ziegel?" So rasch gingen Leon die Fragen nicht aus.

„Was sind Ziegel?"

„Gebrannter Lehm."

Jetzt war Leon aber doch sehr überrascht. Er hatte gedacht, dass jede Zivilisation früher oder später Ziegel erfindet.

Damit fing Siana nichts an, darüber hatte sie auch noch nichts gelesen oder gehört.

„Kenn ich nicht. Ist das gutes Baumaterial?"

Leon schüttelte den Kopf über diese unglaubliche Tatsache. „Ja. Damit könntet ihr vier- und fünfetagige Häuser errichten!"

„Könnte ich das lernen?" Siana war natürlich nicht nur wissbegierig, sie war auch handwerklich gut gerüstet und an neuen Methoden immer wieder interessiert.

„Im Prinzip schon. Aber du müsstest eine richtige Industrie aufziehen! Damit nur ein einziges Haus gebaut werden kann, benötigt man vierzig- bis fünfzigtausend Ziegel. Und zusätzlich noch Tonnen von Holz sowie andere unverzichtbare Dinge. Ich bin kein Architekt, so wie du, und natürlich auch kein Baumeister, aber ich weiß, dass es eine Menge guter und vor allem gut geschulter Leute bedarf, um solche Sachen zu bewerkstelligen!"

„Ja, ich weiß. Aber es wäre eine schöne Idee!"

Sie war ein wenig traurig, da sie einsah, dass es nicht genügte, etwas zu kennen und auch zu verstehen. Aber eine ganz andere Sache um es auch durchführen zu können.

Leon erkannte ihr Verhängnis und wollte sie irgendwie motivieren.

„Nun, vielleicht kannst du eine Firma gründen und dann nach und nach all die schönen neuen Dinge erzeugen, die für so ein Vorhaben nötig sind! Und wer weiß, vielleicht wirst du noch berühmt!"

„Ach, ich weiß nicht. Wahrscheinlich würde es nur schief gehen und am Ende wäre ich nur die Dumme!" Sie war nicht so leicht davon zu überzeugen dass sie möglicherweise durchaus fähig wäre, derartiges zu vollbringen.

Leon wollte sie nicht noch weiter verunsichern, daher sagte er: „Das ist natürlich deine Entscheidung!"

* ~ * ~ *

Siana hatte inzwischen eine recht gute Vorstellung davon, was es bei Leons Leuten alles gab und was sogar so selbstverständlich war, dass sich jeder diese Wunder leisten konnte. Sie wollte all das aber nicht nur gesagt bekommen, sondern sie wollte es mit eigenen Augen ‚sehen'!

Sie war gierig danach, ihr Experiment nicht nur zu wiederholen, sondern es auch auszuweiten. Zwar hatte sie nicht die leiseste Ahnung, wie diese Ausweitung erreicht werden könnte, aber sie war davon überzeugt, einen Weg und eine Lösung zu finden!

Leon hatte von einer Blase gesprochen. Eine Luftblase, so wie sie von Spinnen genutzt werden, um nicht zu ertrinken, wenn sie unversehens mit einem Schwall Wasser konfrontiert werden. Es galt also, diese Blase immer mit frischer Luft zu versorgen! Diese Versorgung musste gelöst werden. Ohne diese regelmäßige Versorgung war an ein weiteres Eindringen in Leos Welt nicht denkbar!

* ~ * ~ *

Leon war mit seinen Überlegungen auch nicht viel weiter gekommen. Seine Vorstellungen über eine Aufrechterhaltung des Blasenmilieus waren genauso unausgegoren, wie jene Sianas. Trotzdem hatte er einen Vorteil gegenüber Siana: Er hatte bessere technologische Möglichkeiten.

Jedoch was bedeutete das schon? Siana konnte bestimmt nicht von seiner Technologie profitieren! Wenn er sie in seine Pläne einbezog, – und es gab keinen Grund, warum er dies nicht tun sollte! Und wollte! – dann galt es Möglichkeiten zu finden, welche auch von Siana problemlos umgesetzt werden konnte.

Die erste Idee bestand in einem Schlauch. Eigentlich einem Schnorchel wie beim Tauchen. Die Entfernung, die damit in der fremden Umgebung zu bewältigen war, war denkbar gering, jedoch immerhin ein Anfang. Etwas weiter kam man eventuell mit einem Feuerwehrschlauch, aber das war nur umständlich und nicht wirklich zweckmäßig.

Also doch eine Sauerstoffflasche? Leon wusste zwar nicht, ob es in Sianas Welt überhaupt so etwas gab, aber er wollte es nicht grundsätzlich verwerfen. Also erst einmal rückfragen.

„Weißt du, ob es bei euch Sauerstoffflaschen gibt? Bei uns werden sie beispielsweise beim Tauchen eingesetzt."

„Tauchen?? Igittigitt!" Siana war geradezu entsetzt, was sollte sie unter Wasser?

Leon wusste sofort, wo der Haken lag. Auch in seiner Welt galten Katzen als wasserscheu. „Nein. Nicht du sollst tauchen! Aber wenn bei euch getaucht wird, und zwar in tiefere Bereiche, dann müsstet ihr eigentlich so etwas haben!?"

„Ich hab' keine Ahnung! Ich werde Ramta fragen, der weiß über solche Dinge wahrscheinlich Bescheid!"

Sie war ein wenig beruhigt, dass es doch nicht um ein Bad ging. Worum ging es denn dann? Natürlich! Luft in Flaschen! Das schien ihr eine wirklich hervorragende Idee.

Leon kam etwas anderes in den Sinn. „Apropos fragen. Habt ihr eigentlich Telefon?"

„Selbstverständlich. Schon seit Jahrzehnten!" Siana schien beleidigt zu sein. Wahrscheinlich hatten sie es gerade einmal zehn Jahre.

Leon war es recht. Er wusste über die rasante Entwicklung technischer Produkte Bescheid. „Also kannst du relativ schnell mit deinem Schwager in Verbindung treten wegen der Sauer-toffflasche?"

Siana war schon auf dem Weg zum Telefon. „Ich bin schon unterwegs. Oder wolltest du noch etwas anderes?"

„Nein, danke. Für's Erste reicht es schon, wenn ihr so etwas habt und du es verwenden kannst. Es wird doch hoffentlich nicht zu groß und zu schwer sein?"

Leon kam ein Gedanke: „Wenigstens bis in deine Wohnung müsste es gebracht werden können. Danach würde vermutlich schon auch ein etwas längerer Schlauch reichen! Jetzt warte einmal ab, was dein Schwager dazu zu sagen hat."

Siana nickte ihm zu und verschwand aus seinem Gesichts-feld. Er hatte keine Ahnung wie ihr Telefon aussah, wo der Anschluss war und natürlich auch nicht, wie es im Einzelnen funk-tionierte. Es blieb ihm so oder so nichts anderes übrig als zu warten.

Erweiterungen

Siana war froh, dass sie wenigstens mit Etwas gleichziehen konnte. Ob sie das Telefon kannte? Natürlich. Dass sie selbst aber natürlich erst seit vorigem Ruun so einen Apparat hatte, brauchte er ja nicht zu wissen! Dabei hatte sie noch insoweit Glück gehabt, als sie als Lehrkraft in einer höheren Schule eine Position innehatte, die ihr öfters eine Bereitschaft abverlangte.

Für Ramta war es überhaupt unerlässlich. Er war als Ratsmitglied stets aus nationalen und manchmal auch in internationalen Anlässen unterwegs. Dabei war es mitunter erforderlich sehr kurzfristig mit seinen Ratskollegen eine Beratung abzuhalten. Dass das selbstverständlich mit einem Telefon sehr viel rascher und effizienter möglich war, lag auf der Hand.

 Daher war er auch schon sehr viel früher in den Genuss dieses überaus praktischen neuen Mediums gelangt! Heutzutage hatte aber sowieso schon bald jeder Fünfte so ein Ding zu Hause. Wie auch immer, jedenfalls konnte sie Ramta sofort anrufen und fragen ob er so ein Gerät zum Luftspeichern kannte. Und wenn ja, wo er oder sie eines besorgen konnte.

Sie hoffte, dass es für sie überhaupt verwendbar war, sofern sie eines bekommen würde! Leon hatte so getan, als könne jeder nicht nur darüber verfügen, sondern es auch problemlos in ihren Bereichen handhaben! Es musste schon sehr praktisch sein, in so einer fortschrittlichen Welt wie Leon zu leben!

Aus diesem Grund war sie ja auch so erpicht darauf mehr als nur diese kleine begrenzte Umgebung zu sehen! Allein der kurze Ausblick aus seinem Gartenzimmer hatte ihr schon den Atem geraubt! Andererseits mussten sie aber auch bedenken, dass sie nicht so ohne weiteres in der Öffentlichkeit herumlaufen konnte.

Denn auch wenn Leon offenbar nicht nur keinen Anstoß an ihrem Äußeren nahm, sondern ihr Aussehen sogar mit Wohlgefallen zur Kenntnis nahm, so musste das nicht unbedingt auch für alle anderen Leute in seiner Umgebung gelten. Nur weil sein Bruder und dessen Frau ihr ebenfalls mit Wohlwollen entgegengetreten waren, hieß das gar nichts. Auf jeden Fall musste sie mit Leon zuvor darüber sprechen.

* ~ * ~ *

Leon besorgte sich ein Tauchgerät und probierte damit unterschiedliche Möglichkeiten aus. Auf den Rücken geschnallt, mit Saugrohr. Als Handgerät mit einem längeren biegsamen Schlauch. Letzteres nur für den Fall, dass er etwas schwereres – Siana? – tragen musste.

Richtig zufriedenstellend war jedoch nur das umgeschnallte Gerät. Er fragte sich, wie Sianas Gerät aussehen würde. Nach seiner Einschätzung und auf Grund von Sianas Reaktion mutmaßte er ein Gerät in der Größe einer mittleren Truhe. Keineswegs tragbar jedenfalls. Allenfalls fahrbar.

Bei einer fahrbaren Variante stellte sich außerdem die Frage, ob sich die Blase so ohne weiteres auch auf das Gerät ausdehnen ließ. Falls das mit der Blasenausdehnung tatsächlich funktionierte, stellte sich sofort eine neue Frage: Was passiert, wenn die Milieugrenze außer Sicht war, oder besser noch: außerhalb der raschen Erreichbarkeit, und irgendetwas an der Versorgung versagte? Welche Möglichkeiten standen dann noch zur Verfügung? Wie weit war er, oder auch sie, bereit zu gehen? Welches Risiko war noch irgendwie tragbar?

Man würde abwarten müssen. Irgendwie schätzte er Siana waghalsiger ein, als sich selbst. Er musste auf sie und ihre Unbesonnenheiten Rücksicht nehmen. Er musste ganz einfach auf sie Acht geben. Sie würde ganz sicher ‚hinaus‘ wollen. In seine Welt ‚eintauchen‘ – wie sinnig!

* ~ * ~ *

Siana hatte von Ramta erfahren, dass es wohl derartige

Luftflaschen für Taucher gab, dass sie jedoch hochriskant waren, da es immer wieder vorkam, dass sie undicht wurden. Oder schlimmer noch: Explodierten! Das war natürlich keine gute Nachricht. Sie war enttäuscht. Maßlos enttäuscht!

Aber so rasch gab sie nicht klein bei! Sie hatte sich auch schon Alternativen überlegt. Beispielsweise einen längeren Wasserschlauch. Ein Schlauch in der Länge von fünf Tisgrin – in Leons Maßen etwa Zwanzig Meter – würde zumindest für Leons Wohnung ausreichen. Man musste sich eben bescheiden geben.

Dennoch: sie musste mit Leon wegen eines ‚Ausflugs' reden. Schon bei der nächsten Zusammenkunft brachte sie ihre Bedenken vor.

„Wie würden die Menschen bei euch auf mich reagieren?" fragte sie daher unverblümt.

„Sie würden denken: Wir drehen einen Film und du wärst lediglich als eine außerirdische Figur kostümiert. Mehr nicht. Es könnte höchstens sein, dass man ein Autogramm von dir verlangt." Für Leon war das kein Thema.

„Das wäre alles?" Siana konnte es kaum glauben, so einfach schien ihr alles in dieser fremden Welt, und so komplikationslos!

„Ja, natürlich. Was sollte es sonst sein?"

Leon wusste jedoch sehr wohl, dass es durchaus heftigere Probleme geben konnte, aber daran wollte er im Augenblick nicht denken.

„Bei uns gäbe es ganz bestimmt einen Auflauf! Jeder würde dieses seltsame Wesen aus der Nähe sehen und natürlich auch berühren wollen. Was denkst du, was so ein fellloses Geschöpf für unsere Gesellschaft bedeutet!"

„Keine Ahnung."

Leon konnte sich sehr gut vorstellen, was das in ihrer Welt bedeuten würde. Aber vorläufig war das nur reine Utopie.

Siana war regelrecht aufgebracht „Zehntausend Ruud Fortschritt! Wir wissen sehr genau, dass wir in der Zivilisation kein Fell mehr benötigen. Wir wissen aber auch, dass sich die Evolution nicht umgehen lässt. Also wird es dauern bis wir unser Fell auf natürliche Weise verloren haben werden!"

Leon versuchte sie zu beruhigen. „Umso beachtlicher, dass ihr so früh schon dermaßen fortschrittlich seid! Bei uns kam der Fortschritt, vor allem der technische, erst in den letzten Fünfhundert Jahren, also fünf Ruun! Und unser Fell haben wir vor ungefähr Zweihundert Tausend Jahren – ich kann das in der Eile gar nicht auf deine Maße umrechnen – verloren. Denn dass auch wir einmal behaart waren wird dir ja wohl klar sein!"

Er dachte diese Angelegenheit kurz durch. „Überhaupt denke ich, dass ihr euer Fell sehr viel rascher verlieren werdet, als du denkst, denn das ist keine Frage der Zeit, sondern vielmehr der Zweckmäßigkeit. Dank eurer Kleidung wird sich das schon nach kurzer Zeit von selbst erledigen!"

Eigentlich hatte er vorgehabt etwas ganz anderes zu klären. „Okay. Aber was ist jetzt mit einem Tauchgerät?"

Siana schüttelte traurig ihren Kopf. „Das wird leider nichts! Wir haben zwar solche Geräte, aber sie sind noch viel zu unsicher. Es wäre purer Leichtsinn so etwas zu verwenden!"

„Dann müssen wir uns eben etwas anderes überlegen!" beruhigte Leon sie sofort.

Siana kam augenblicklich mit ihrer nächsten Idee. „Wie wäre es mit einem von deinen Gartenschläuchen? Die reichen zwar nicht sehr weit, aber es wäre ein Anfang, oder!?"

Leon nickte. „Ein Versuch kann nicht schaden. Trotzdem ist Vorsicht geboten. Wir haben gar keine Ahnung, wie sich die Blase verhält, wenn sie zu sehr ausgedünnt wird! Außerdem: Du müsstest erst einmal üben mit dem Schlauch zu atmen. Das ist nämlich gar nicht so einfach. Du müsstest vor jedem Atemzug ausatmen, aber nicht in den Schlauch, sondern daneben, ansonsten atmest du nur die bereits verbrauchte Luft wieder ein! Außerdem, wie kommst du zu meinem Schlauch?"

„Ich glaube ich hab selbst so etwas Ähnliches, ich brauch es zwar nicht für die Bewässerung, sondern zum Nachfüllen der Kaverne, wenn bei uns Wasserknappheit herrscht." Versuchte sie Leon zu erklären.

„Ich werde sofort üben!" sprach's und verschwand.

* ~ * ~ *

Zwei Tage später starteten sie den nächsten Versuch. Leon hatte sich nicht nur entschieden gleich mit dem Sauerstoffgerät zu starten, sondern auch Sianas Vorschlag, dass sie möglichst beisammen bleiben sollten, für höchst nützlich erkannt. Speziell deshalb, weil sie keine Ahnung hatten, wie das mit dem Wasserschlauch funktionieren würde.

Sie nahmen also wieder ihre gewohnte Position mit den aneinander gelegten Händen ein, suchten den speziellen Kontakt und nachdem sie ihn gefunden hatten, drehten sie sich wie schon beim ersten Mal. Auch diesmal unterbrach Siana den Kontakt, aber nur, weil sie den Schlauch nachziehen musste.

Als erstes kam Siana auf die Idee zu sprechen. Jetzt wo sie nicht mehr durch die undurchlässige Wand getrennt waren, sollte es doch möglich sein, den Anderen zu hören! Oder etwa nicht? Diese dünne Schicht, welche um sie und den Schlauch lag, konnte die Akustik vielleicht dämpfen, aber nicht wirklich behindern!

Also sagte sie, unmittelbar nachdem sie sich voneinander gelöst hatten: „Leon?"

Natürlich hörte sie ihre eigene Stimme, aber konnte er sie ebenfalls hören?

Leon, der sich überhaupt nichts dachte, sagte nur fragend: „Ja?" und dachte nicht weiter darüber nach.

Doch ganz plötzlich fuhr er, wie von Taranteln gestochen, herum. Er hatte ihre STIMME gehört! Er versuchte augenblicklich sie in die Arme zu nehmen.

„Siana!" sagte er und strahlte sie erfreut und hingerissen an, während er seine Arme um sie schlang.

Als sie sah wie er reagierte, wie sie ihn ihren Namen aussprechen hörte, kuschelte sich Siana genüsslich in seine Arme und schloss verträumt die Augen. Genau das hatte sie sich insgeheim gewünscht! Und nun ist es tatsächlich passiert.

Sie blieben eine ganze Weile unbeweglich stehen. Leon getraute sich nicht sich zu bewegen. Er hätte sie so gerne gestreichelt, ihre Wange liebkost, ja sogar sie geküsst. Aber das war definitiv nicht möglich. Dass sie sich seinen Armen anvertraut hatte war schon mehr als er ihr an Zutraulichkeit zumuten wollte und durfte.

Nach diesem Moment der Verbundenheit hob sie den Kopf, sah ihn mit ihren goldgelben Augen zufrieden lächelnd an und löste sich langsam aus seiner Umarmung.

Dann gingen sie beide zuerst zum Wintergartenfenster. Wo Siana gleich versuchte den Kopf hinaus zu strecken und hinunter zum Boden zu sehen. Was sie sofort bereute und ihren Kopf rasch wieder einzog. Sie hatte noch nie aus einer solchen Höhe ohne Sicherung nach unten gesehen und ihr war augenblicklich schwindlig geworden!

Aber sie hatte genug gesehen. Oder besser gesagt: Nicht gesehen, denn die Entfernung nach unten war weiter als ihre Sehschärfe es erlaubte. Diese Tatsache hatte im Übrigen das ihre zum Schwindel beigetragen. Sie konnte gerade noch mit einiger Sicherheit sagen, dass ,da unten' offenbar eine Wiese lag, mehr jedoch nicht.

Leon, der natürlich um ihre geringe Weitsichtigkeit wusste, war zwar erstaunt, aber nicht beunruhigt. Als nächstes gingen sie in Leons Wohnzimmer, wo sie sich kurz umsah, nichts außergewöhnliches bemerkte und daher sofort weiter ins Vorzimmer weiter wollte.

Leon hielt sie vorerst davon ab, er wollte ihren Schlauch kontrollieren, ob der sich nirgendwo verhangen, noch sonst irgendwelche unerwarteten Anzeichen gezeigt hatte. Jedoch der Schlauch schien genau das zu tun, was von ihm verlangt wurde. Leon versuchte ihn an der Stelle, an der er um die Ecke lief, ein wenig anzuheben und auf einen Polster zu legen, um ihn vor dem Abknicken zu bewahren. Dabei beobachtete er um den Schlauch herum eine Art Flimmern, das wohl die ausgedünnte Blase darstellte. Diese Befürchtung, nämlich dass die ausgedünnte Blase abreißen könnte, schien also unbegründet zu sein.

Er kehrte zu Siana zurück und bedeutete ihr, dass alles in Ordnung sei. Sie gingen also weiter ins Vorzimmer, von welchem aus Siana das Bad und die Toilette bewunderte, – später erfuhr er, dass eine Wasserleitung im Haus in Sianas Welt noch nicht allgemein üblich war – sie kannte scheinbar viele der schönen Dinge nicht. Feine Keramik, gläserne Spiegel, metallene Rohrleitungen und vieles mehr.

Während sie all diese für sie neuen Wunder ausgiebig bestaunt und kommentiert hatte, konnte er ihre sanfte gutturale und rauchige Stimme genießen. Zwar hatte er selbstverständlich nicht die geringste Ahnung was sie sagte, aber er hörte ihr gerne und aufmerksam beim Sprechen zu.

Und dann erreichten sie das Ende des Schlauches. Leon merke sofort, dass er sich bereits mehr als zuträglich spannte und bedeutete Siana, dass sie besser umkehren sollten. Also gingen sie den ganzen Weg zurück, bis sie wieder in Sianas Reich waren. Das heißt Siana war wieder dort, Leon konnte ihr nicht mehr folgen. Er hatte, nachdem er sofort mit ihr in seine Wohnung zurückgekehrt war, seine eigne Blase wieder mit dem natürlichen Milieu verbunden und konnte von sich aus keine neuerliche erzeugen.

Aber er wollte unbedingt wissen, was es mit der ‚Kaverne‘ auf sich hatte und warum man zum Nachfüllen im Normalfall keinen Schlauch benötigte.

„Wie kommt das Wasser ohne den Schlauch in die Kaverne?“ Fragte er daher rundheraus.

„Direkt vom Bach, was sonst?“ Siana verstand den Grund dieser Frage offensichtlich nicht.

Jetzt war Leon alles klar.

„Das bedeutet, dass du nur so lange frisches Wasser im Haus hast, solange der Bach genügend Wasser führt, um sie ausreichend zu füllen! Aber woher kommt das Wasser, wenn der Bach kaum oder gar kein Wasser mehr führt?“

„Dann werden wir von der Gemeinde mit Tanks versorgt und ich muss das Wasser von diesem Tank in die Kaverne leiten.“

Manchmal kam ihr Leon geradezu begriffsstutzig vor. Oder lag das etwa schon so weit in seiner Vergangenheit, dass derartiges gar nie mehr von Nöten war?

Leon dachte nach. Sie sagte ‚leiten‘ nicht ‚pumpen‘!

„Was ist dieser Tank für ein Fahrzeug? Und warum wird es nicht vom Tank direkt in deine – du hast doch offenbar eine eigene – Kaverne gepumpt?"

„Was ist ‚gepumpt'?"

Sie musste wohl noch sehr viel Neues lernen, um auch nur die wichtigsten Begriffe verstehen zu können.

Hatte er sich's doch gedacht: Bei ihr gab es keine Pumpen.

„Und wie kommt das Wasser in den Tank?"

Er musste einiges rund herum klären, bevor er eine Pumpe beschreiben konnte.

Siane wurde verlegen.

„Das weiß ich nicht. Vermutlich wird es von einem noch wasserführenden Bach direkt hineingeleitet."

Wahrscheinlich also doch so etwas Ähnliches wie eine Pumpe.

„So wie ich es mir vorstelle, wird das Wasser aus einem See oder einem größeren Fluss geholt. Dabei wird vermutlich ebenso ein Schlauch vom See zum Tank gelegt und dazwischen ein Gerät, welches das Wasser in den Schlauch hinein drückt, aber zugleich verhindert, dass es wieder heraus läuft. Dieses Gerät nennt man Pumpe." Er hoffte, dass diese Erklärung ausreichend genau war, um ihr das Prinzip zu verdeutlichen.

Siana verstand es natürlich, schließlich war sie Lehrerin. „Du meinst, wenn diese Pumpe auch beim Tank wäre, könnte es dann direkt in meine Kaverne gepumpt werden, ohne dass ich noch etwas dazu tun müsste?"

Leon lächelte über ihr sichtliches Verständnis. „Korrekt."

Siana dachte sofort praktisch. „Heißt das, wenn ich so eine Pumpe hier im Haus habe, bräuchte ich nicht für jeden Eimer Wasser, den ich benötige, extra hinunter laufen um ihn zu füllen und dann mühsam herauftragen?"

„So ist es", verwunderte sich Leon, „ich dachte bisher, du hättest bereits das Wasser im Haus! Ich hätte nicht gedacht, dass du es jedes Mal erst von irgendwoher heraufholen musst!"

„Ja, das wäre schön. Ich muss mich sofort erkundigen, ob es anderswo bereits solche Geräte gibt!"

Siana wollte nicht gar so hinterwäldlerisch und unzivilisiert gelten. Wer weiß, vielleicht lebte sie ja wirklich in einer abseits der großen Welt liegenden Gemeinde. Die Technik änderte sich derzeit so gut wie täglich. Wenn sie daran dachte, was sie alleine ununterbrochen für ihre Ausbildung tun musste um ‚am Ball' zu bleiben!

Aber was waren all diese Unzulänglichkeiten gegen die Tatsache, dass sie seine Stimme hören konnte. Diese war zwar nicht so durchdringend und knurrig, wie jene von Ramta, dafür war sie geradezu melodiös. Siana hätte ihm stundenlang nur zuhören können!

Erfahrungen

Siana musste das Gesehene erst verarbeiten. Sie hatte natürlich schon gewusst, dass es ‚dort drüben' viele unbekannte, ja sogar unbegreifliche Dinge zu sehen geben würde. Aber davon zu wissen und sie tatsächlich zu sehen war doch zweierlei!

Am meisten genierte sie sich wegen des Schwindels, der sie beim Blick aus dem Fenster ergriffen hatte. Obwohl Leon es mit keinem Wort erwähnt hatte, war sie davon überzeugt, dass er es bemerkt hatte. Und noch etwas machte ihr zu schaffen: Wenn beim nächsten Mal Leon ihr Reich bestaunte, würde er zweifellos über ihr primitives Umfeld enttäuscht sein. Irgendwie musste sie etwas zum Vorzeigen herbeischaffen, das er bewundern konnte!

Sie zerbrach sich den Kopf, aber es wollte ihr nichts einfallen, womit sie bei Leon hätte punkten können! In ihrer Ratlosigkeit rief sie – wieder einmal! – ihre Schwester an. Zildis war sofort klar, dass es keinesfalls etwas technisches sein konnte. Es musste etwas sein, das es drüben womöglich überhaupt nicht gab. Aber was kam da infrage?

„Zeig ihm deine Stadt! Ich glaube kaum, dass es da drüben eine solche Waldstadt gibt! Dafür haben sie viel zu wenig Platz!"

„Ja, gut. Aber wie soll ich sie ihm zeigen? Es würde einen ungeheuren Auflauf geben, sobald er nur aus dem Haus tritt!"

„Er muss sich eben tarnen. Man darf nur keine fellfreie Haut sehen. Er geht, wie du sagst, sowieso mit einem auf den Rücken geschnallten Behälter umher. Du kannst den Leuten ja sagen, dass da ein neues Gerät getestet wird. Genaues weißt du aber nicht."

„Das könnte funktionieren. Danke vorläufig!"

* ~ * ~ *

Leon war zwar nicht von der Idee begeistert, auch eine

106

Tauchermaske aufzusetzen, aber er sah die Notwendigkeit ein. Für seine Hände genügten Handschuhe und sonst gab es keine verdächtigen Stellen. Auch seine etwas schwerfälligen Bewegungen – Sianas Leute bewegten sich ... nun, eben wie Katzen – wurden durch die am Rücken befestigte Sauerstoffflasche mehr als glaubwürdig erklärt.

Derart gerüstet trat er in eine unglaubliche Welt! Zwar wusste er um die lockere Verbauung Bescheid, allerdings hatte er nicht gedacht, dass die einzelnen Wohneinheiten nicht nur bis zu hundert Meter voneinander getrennt waren, sie waren auch in verschiedenen Höhen zwischen den Bäumen ... was eigentlich? Aufgehängt? Nein: Die Bäume waren Teil der Häuser und die Häuser waren Teil der Bäume!

Auch Sianas Haus war in einen Baumverband – Oh, ja! Es gab so gut wie keinen einzelnen Baum, alle schienen irgendwie ineinander verwoben zu sein! – eingebettet. Er hatte es nur nicht gleich gemerkt, weil er ganz darauf konzentriert war, nicht über die Schräge der Eingangsrampe zu stolpern. Im Gegensatz zur Bewegung unter Wasser war die Taucherbrille beim Sehen doch sehr hinderlich.

Manche der Nachbarhäuser waren so hoch in einem Baumgewirr, dass sie erklettert werden mussten! Damit war auch völlig klar, warum es keine Häuser mit vielen Etagen gab. Im besten Fall gab es zwei, oder vielleicht auch mehr, Häuser übereinander.

Leon blieb mit offenem Mund stehen und bestaunte diese Umwelt. Er bemerkte auch kaum, dass sich inzwischen schon eine ganze Menge sehr interessierter Leute um ihn scharte, die seine Aufmachung begutachteten. Als er es endlich zur Kenntnis nehmen musste, weil einige besonders Mutige versuchten ihn, seine Kleidung und alles was er umgeschnallt hatte, zu berühren.

Siana war vollauf damit beschäftigt, den Leuten zu erklären, was hier vor sich ging. Mit nicht allzu großem Erfolg, wie er festzustellen glaubte. Die beiden ‚Damen', die seine Kleidung untersuchten, waren von Sianas Worten praktisch unbeeindruckt. Denn sie hatten etwas sehr Erstaunliches festgestellt: Sie konnten die Kleidung nicht berühren! Irgendetwas zwischen ihren Fingern und den Kleidungsstücken verhinderte das! Sie versuchten es an den verschiedensten Stellen, aber es ging nicht.

Dann stellte die eine der Beiden fest, dass die gesamte Umgebung um diesen Mann herum flimmerte! So wie der Boden an sehr heißen Tagen oft wie von Wasser bedeckt schien! Jetzt erst wandten sie sich an Siana. Diese hatte sich zwar etliche Antworten auf die Fragen ihrer Nachbarn zurecht gelegt, aber oft genug konnte sie nur die Schultern zucken und auf das unbekannte Gerät verweisen.

Was sie morgen erzählen würde, wenn weder ein Besucher, noch das ominöse Gerät ihr Haus verlassen haben würden, darüber wollte er gar nicht erst nachdenken! Er hoffte, dass Siana ausreichende Gründe würde vorbringen können.

Nichtdestotrotz versuchte Leon seinen Besuch möglichst rasch zu beenden um die Aufregung, welche er verursachte, vielleicht doch noch in einem bescheidenen Rahmen zu halten.

Trotz ihrer erzwungenen Beschäftigung mit ihren Nachbarn konnte Siana das Erstaunen und die Bewunderung Leons über ihre wohnliche Umgebung nicht übersehen. Sie war Zil mehr als dankbar dafür, dass ihre Schwester sie mit dem Hinweis auf ihre Stadt, in Bezug auf Leons Empfinden, so richtig gelegen war. Sie konnte auch deutlich erkennen, wie beeindruckt er von dieser Umgebung war!

* ~ * ~ *

Beim ihrem nächsten Zusammentreffen, machte Leon Siana ehrliche Komplimente über ihre Stadt. Auch wenn er persönlich nichts Städtisches an der Besiedelung fand, so war er dennoch gehörig angetan, von der überaus beeindruckenden Architektur. Er begriff lediglich nicht, warum Siana mit ihrem letzten Gartenprojekt so viel Lob eingeheimst hatte, wo dieses doch in keiner Weise mit der hier offensichtlich üblichen Art, beziehungsweise mit dem offensichtlichen allgemeinen Konzept der Wohnbehausungen übereinstimmte!

Als erstes wollte er jedoch unbedingt wissen, wie sie ihre

Nachbarn davon abgehalten hatte, sich näher nach ihm und seinem Auftreten in der ungewöhnlichen Aufmachung zu erkundigen.

Siana meinte, dass die Erkundigungen noch lange nicht beendigt seien und dass sie noch viele Ausreden würde erfinden müssen, um die Neugier ihrer Nachbarn zu stillen. Das größte Problem war zweifelsohne sein, Leons, ‚verschwinden'. Niemand hatte geheimnisvolle nächtliche Aktivitäten in der Umgebung von Sianas Haus beobachten können. Dadurch wurde die Angelegenheit nur noch geheimnisvoller, um nicht zu sagen unheimlicher!

Die Sache wurde zudem noch dadurch erschwert, dass am nächsten Tag Fremde im Ort erschienen, welche sich nach dem seltsam verkleideten Mann erkundigten. Da jedoch niemand etwas Genaueres zu wissen schien – die beiden Frauen, die die Entdeckung mit der Unberührbarkeit und dem Flimmern gemacht hatten schwiegen aus Angst ausgelacht zu werden! – oder wenigstens nicht darüber sprechen wollte, zogen die Fremden wieder ab. Vorläufig.

* ~ * ~ *

Siana ihrerseits war mit dem Erfolg der Vorführung, wenigstens soweit sie Leon betraf, vollauf zufrieden. Sie erzählte Zildis sofort und ausführlich von ihrem kurzen Ausflug und von Leons Bewunderung über ihre Häuser. Sie berichtete selbstverständlich auch über die Neugierde ihrer Nachbarn und dass sie arge Bedenken hatte, deren abenteuerliche Vermutungen über den geheimnisvollen Besucher zerstreuen zu können.

Zildis winkte nur ab. „In ein paar Siel haben sie längst wieder alles vergessen! Und wenn nicht, dann verstehst du ganz einfach nicht, wie sie die Abreise des Fremden übersehen hatten können."

Das stellte sich jedoch als kapitaler Irrtum heraus. Die beiden cleveren Nachbarinnen, Sassina und Brala, gingen der Angelegenheit auf ihre Art auf den Grund. Sie riefen bei einer renommierten Zeitschrift für wissenschaftliche Veröffentlichungen an. Dort erfuhren sie, dass nichts darüber bekannt sei, dass ein neues Atemgerät entwickelt werden würde. Die Fragen der beiden Damen waren aber auch zu allgemein gehalten, als dass sie das Interesse der Redakteure geweckt hätten.

Die beiden gaben sich jedoch mit dieser Auskunft gar nicht zufrieden, sondern wandten sich noch an eine weitere Stelle. Diesmal mit der Frage nach der Unberührbarkeit. Darüber bekamen sie unerwarteterweise jedoch sofort Auskunft. Dies sei, so erklärte man ihnen, eine Folge der Abstoßung bei unterschiedlich gepolten elektromagnetischen Feldern und daher nichts Außergewöhnliches.

Damit gaben sich die Beiden vorerst zufrieden, wollten jedoch in der nächsten Zeit nochmals von Siana wissen, wofür das Experiment denn nun in Wahrheit gemacht worden sei und ob es in absehbarer Zeit wiederholt werden würde.

Der Hinweis auf die elektromagnetische Polung erschien Siana ein so wichtiger Aspekt zu sein, dass sie sofort mit Leon darüber sprechen wollte. Sassina und Brala hingegen vertröstete sie mit ‚man werde sehen'. Falls es bei der Trennung ihrer Umgebungen wirklich nur auf die Polarisierung ankam, dann gab es vielleicht doch eine Möglichkeit, sie miteinander zu verbinden!

* ~ * ~ *

Auch Leon fand die Idee mit dem Magnetismus höchst interessant. Nur fragte er sich, wie sich verschieden gepolte Atmosphären bilden konnten? Und vor allem: Wie polt man eine Atmosphäre um? War das überhaupt möglich? Und wenn ja, was hatte das für Folgen?

Die einzige Idee, die er hatte, war: Durchmischen. Aber wie? Eventuell konnten sie so etwas wie autarke Blasen erzeugen, die sie dann gewaltsam verbanden. Dann konnte jeder eine Probe von der Mischung nehmen und sehen, was geschah. Sianas Wasserschlauch war ein guter Beginn für so eine autarke Blase.

Sie besorgten sich größere Behälter – Siana eine Art

Schweinsblase, Leon eine Art Kunststoff-Luftballon – und füllten sie mit ihrem Luftgemisch. Dann machten sie in gewohnter Weise den Übergang ins andere Medium um die Behälter in die jeweils andere Atmosphäre zu bringen. Dort wurden sie vorerst abgelegt und jeder ging in seine eigene Welt zurück.

Leon machte den Beginn. Zuerst musste er die fremde Schweinsblase in seine Welt holen, denn noch war sie von der bekannten Fremden Blase umgeben und konnte nicht entleert werden. Also umhüllte er die fremde Blase mit einem Kunststoffsack ... und wusste nicht weiter. Wie sollte er die fremde Blase öffnen? Denn nur so, hoffte er, würde er durch kräftiges und langes Schütteln eine Mischung mit seiner eigenen Atmosphäre erreichen.

Was also tun? Er öffnete nochmals den Kunststoffsack und versuchte die nach wie vor darin befindliche Schweinsblase zu öffnen. Das erwies sich jedoch als weitaus schwieriger, als erwartet. Er konnte, vor allem wegen der umgebenden Fremdhülle, den Knoten nicht ,greifen'. Kurzerhand holte er ein scharfes Messer und versuchte den Knoten abzutrennen. Aber auch das war scheinbar nicht möglich.

Schweren Herzens brach Leon den Versuch ab. Um es gleich vorweg zu nehmen: Siana hatte keineswegs mehr Glück. Im Gegenteil, Leons Ballon verlor Luft, sodass er wie eine Rakete im Raum herumraste, jedoch ohne sich von seiner ihm umgebenden Blase zu lösen, um dann schließlich wieder in Leons Atmosphärenblase zusammengesackt am Boden zu liegen.

Die beiden scheinbar unterschiedlichen Milieus erinnerten ihn daran, welche physikalischen Eigenschaften in beiden Milieus in derart gleicher Weise funktionierten, dass der Milieuwechsel keine Rolle spielte, wie eben das sichtbare Licht.

Da das Licht, ein zweifellos elektrischer beziehungsweise elektromagnetischer Effekt, ungehindert zwischen beiden Seiten wechseln konnte, konnte das mit der unterschiedlichen Polarisierung der Atmosphären nicht stimmen! Es musste etwas viel simpleres sein! Schließlich waren Töne ja ebenfalls irgendwie elektronisch wiedergebbar, vielleicht könnte das funktionieren?

Er musste sich Klarheit darüber verschaffen.

Nach einer kurzen Nachdenkpause ließ er den Gedanken jedoch wieder fallen. Hatte er nicht bei der Afrika-Filmvorführung den Ton laufen lassen? Selbstverständlich. Und hatte dieser die Trennwand überwunden? Keinesfalls. Also war es doch irgendwie anders.

Unannehmlichkeiten

Kintro ließ sich nicht so leicht abspeisen. Dass die Leute nach unerklärlichen Vorkommnissen sich plötzlich an gar nichts mehr erinnern konnten, war ihm eine vertraute Verdrängungsaussage. Aber als gewiefter Sensationsreporter wusste er zwischen den Zeilen zu lesen. Diese kleine naive Lehrerin war der Angelpunkt, soviel stand fest.

Und Kintro wusste auch schon, wie er an weitere Informationen heran kommen würde. Das Haus dieser Lehrerin war um einen Kaspikbaum herum gebaut. Dieser hatte den Vorteil einer sehr ausgeprägten Verästelung. Diese ermöglichte ihm ungesehen an die verschiedenen Seiten des Hauses heranzukommen.

Er versorgte sich mit ausreichend Proviant und bezog Position an der Ostseite, welche mit mehreren Fenstern versehen war. Die Position, welche er gewählt hatte, ermöglichte es ihm, Siana in wenigstens zwei Räumen zu beobachten. Falls irgendetwas Außergewöhnliches geschah, dann war die Chance es mitzubekommen hier wahrscheinlich am größten.

Die meiste Sorge bereitete ihm die Tatsache, dass offenbar jemand eine Möglichkeit gefunden hatte unbemerkt in das und aus dem Haus zu kommen. Er musste vorsichtig sein. Aber er war ein guter und erfahrener Kletterer, er konnte sich sicher in dem Astgewirr bewegen.

* ~ * ~ *

Leon hatte noch immer keine Idee, wie er die Sache mit der Mischung bewerkstelligen könnte. Siana ebenso wenig. Aber sie wollten mit ihren Erkundigungen weitermachen. Diesmal war wieder Siana dran. Da es mit dem Gartenschlauch so gut geklappt hatte, hatte sie sich mit ausreichenden Verlängerungen versorgt, sodass sie hoffen konnte, bis vor Leons Haus zu kommen.

Da sie den Schlauch durch das gesamte Treppenhaus legen mussten, hatte Leon vorgeschlagen, die Exkursion in den frühen Morgenstunden zu unternehmen, wenn praktisch alle Bewohner des Hauses alle noch schliefen. Es war so in etwa Zwei Uhr morgens in Leons Welt, als sie die Aktion starteten. Die Zeit war offensichtlich gut gewählt, denn niemand bemerkte etwas von ihrer geheimnisvollen Tätigkeit.

Leider war aber alles umsonst. Der Gartenschlauch war trotz aller Verlängerungen zu kurz. Sie kamen nur bis in den ersten Stock. Siana war enttäuscht, aber Leon beruhigte sie. Sie würden einen besseren Weg finden und ein erfreulicheres Ergebnis erzielen. Leon hatte zwar noch nicht die zündende Idee, war aber davon überzeugt, sie rechtzeitig zu finden.

* ~ * ~ *

Kintro hatte nicht erwartet, so rasch etwas zu entdecken. Er hatte kaum ein Viertel Siel gewartet, als er Siana heimkommen sah. Erstaunt stellte er fest, dass sie mit einer Unmenge Wasserschläuchen beladen war. Wofür sie die wohl benötigte? Er würde es schon herausfinden. Immerhin war dies ein deutlicher Hinweis darauf, dass irgendetwas Außerordentliches vor sich ging!

Zunächst passierte gar nichts. Aber nachdem sie irgendwelche Arbeiten erledigt hatte, brachte sie die neuen Schläuche in ein Zimmer, welches er nicht einsehen konnte. Sofort machte er sich auf die Suche nach einem Fenster in diesen Raum. Und fand ihn auf der Nordseite des Hauses.

Er machte es sich auf einer Astgabel bequem und bereitete sich auf eine längere Wartezeit vor. Die benötigte er auch. Und beinahe hätte er den entscheidenden Moment verpasst! Den Moment ihres Überganges in die andere Welt. Für Kintro sah das alles selbstverständlich noch viel unverständlicher aus, als es sowieso schon war.

Denn was er sah, war zuerst die seltsame Stellung, die Siana einnahm und den anschließenden ‚Tanz', den sie vollführte. Dann wurde es vollends verrückt, denn plötzlich drehte sie sich und an ihrer statt erschien ein derart unglaubliches fremdes Wesen, wie er es sich niemals vorgestellt hätte!

Mehr oder weniger völlig Fell- oder Haarlos, mit exotischer Kleidung und seltsam steifen Bewegungen. So als hätte er nur sehr eingeschränkt bewegliche Gelenke und ein steifes Rückgrat! Die beiden drehten sich weiter um eine imaginäre Achse, wobei jeweils einer der beiden so zu verschwinden schien, als würde er ‚abgeschnitten‘!

Nach der zweiten Drehung nahm Siana eines der Schlauch-enden und danach verschwanden beide. Jedoch nicht zur Gänze! Der Schlauch, der ganz offenbar mitgezogen wurde schien eine Art Hülle zu bekommen, so als ob er von einem stärkeren Schlauch umhüllt werden würde. Wobei dieser äußere Schlauch jedoch nur als Flimmern zu sehen war!

Und dieses Flimmern setzte sich noch eine gewisse Strecke hindurch weiter in den Raum, bis es verblasste. Das Ganze war höchst merkwürdig! Und vor allem mit keinem Kintro bekannten Phänomen zu erklären! Und er maßte sich an, alles was hierorts bekannt war zu kennen!

* ~ * ~ *

Nachdem sie wieder in Leons Wintergarten angelangt waren, gingen sie hinüber in Sianas Fremdenzimmer – natürlich in der gewohnten Art des Überganges – wobei Leon gleich den gesamten Schlauch mitnahm, indem er ihn auf einem Rollwägel-chen, wie er sie zum Transport der Blumentöpfe verwendete, hinter sich herzog.

Für Kintro sah das alles sehr gespenstisch aus, da die Personen und alles was sie mit sich nahmen, wie aus dem Nichts erschienen. Was ihm jedoch sofort auffiel war, dass nunmehr der Fremde samt dem Wägelchen wie in einen flimmernden Schlauch eingehüllt schien! Kintro schloss daraus messerscharf, dass es keine direkte Verbindung zwischen den beiden ‚Was-auch-immer‘ gab. Dass eine Berührung sichtlich unmöglich war! Jeder der auf die andere Seite wollte, musste seine eigene Umgebung ,mitneh-men'!

In seiner Aufregung hatte Kintro zwar nicht vergessen unentwegt Fotos zu machen, ob sie jedoch das zeigten, was er gesehen hatte, musste sich erst nach er Entwicklung zeigen. Fürs Erste hatte er jedoch genug und er begab sich so rasch als möglich in seine Redaktion.

* ~ * ~ *

Nachdem Leon den Schlauch von dem Rollwägelchen genommen hatte und sich wieder Siana zuwandte, stellte er fest, dass das Wägelchen nicht mehr mit der flirrenden Schutzschicht umgeben war! Versuchsweise griff nun Siana nach ihm. Und siehe da, sie konnte es ,ergreifen'! Aus irgendeinem unerklärlichen Grund, hatte es das Wägelchen geschafft auf die andere Seite zu gelangen!

Augenblicklich war Leon der Grund dafür klar. Oder jedenfalls bildete er sich ein den Grund zu erkennen: Das Rollwägelchen war aus Acryl! Acryl war also offenbar ein Stoff, der in beiden Milieus gleichzeitig existieren konnte! Aber wie hatte er den Übergang vollzogen? Leon war sich sicher, dass er gerade vorher noch den flimmernden Überzug gesehen hatte!

Er fragte Siana, ob sie es ebenfalls bemerkt hatte. Sie hatte. Sofort griff sie nach dem unbekannten Gegenstand. Zuerst berührte sie ihn nur ganz zaghaft. Er sah aus wie Glas, fühlte sich irgendwie auch so an. Sie hob ihn kurz an. Soo leicht! Das konnte kein Glas sein!

Leon stimmte ihr darin zu: Kein Glas. Aber so ähnlich. Sie schob ihn ein Stück. Zu Beginn nur ein kleines Stück, dann, etwas mutiger, Richtung Leon. Als er die Grenze passierte, blieb er in ihrer Welt. Für Leon verschwand er einfach. Aber so unscharf wie die Grenze war, flimmerte er beim Übergang. Genau so, als ob er eine kurze Zeit lang nicht wüsste, wohin er gehörte.

Leon überlegte krampfhaft, ob das ein Hinweis auf die Lösung sein konnte. Schließlich nutzten sie diese Tatsache ja auch bei ihren Übergängen von einer Seite auf die andere. Siana holte das Rollwägelchen wieder in ihr gemeinsames Blickfeld. An der Grenze hielt sie es an. Leon versuchte, das Wägelchen im flimmernden Bereich zu fassen.

Und holte ihn in seine Welt zurück! Sollte es tatsächlich so einfach sein? Hunderte Implikationen überfielen ihn gleichzeitig. Sollte es möglich sein, dass sie selbst ebenfalls auf diese Art die Barriere überwinden konnten? Lag es überhaupt nicht am Acryl, sondern an der unscharfen Grenze?

Welche Kraft bewirkte die Zuordnung zu der einen oder der anderen Welt? War es aus eigener Kraft möglich, oder bedurfte es einer ‚Helfenden Hand'? Sofort holte er wieder seinen mit Luft gefüllten Plastiksack verschloss ihn sorgfältig und schob ihn zur Hälfte über die Grenze.

Siana versuchte ihn an der Schnittstelle zu übernehmen und ließ ihn sofort wieder fallen. In ihrem Bereich! Sie hatten sich beide zufällig an den Fingern berührt und es hatte so etwas wie einen elektrischen Schlag gegeben. Wieso eigentlich? Bisher hatte es bei ihrer üblichen Art, bewusst einen Übergang zu vollziehen, lediglich ganz sanft gekribbelt! Die Lösung schien ganz simpel zu sein: Sie hatten sich dabei gar nicht wirklich berührt, sondern waren sich nur ganz nahe gekommen!

Nachdem der erste Schreck überwunden war, nahm Siana den Plastiksack und öffnete ihn vorsichtig. Die eingeschlossene Luft entwich bis zum Druckausgleich. Siana schnüffelte kurz vorsichtig an der im Sack verbliebenen Luft und konnte keine Besonderheit daran erkennen. Was nichts bedeuten musste. Viele in der Atemluft befindliche Stoffe waren geruchlos. An Viren und Bakterien dachten sie beide in diesem unglaublichen Augenblick nicht.

So unglaublich es auch erschien, sie atmeten offensichtlich eine annähernd gleichartige Luftmischung. Zumindest im Augenblick war keine unangenehme oder gar bedrohliche Situation zu erkennen.

Siana lächelte ihm aufmunternd zu ... und sank bewusstlos zu Boden.

Verdachtsmomente

Kintro dachte nach. Er hatte nicht die leiseste Ahnung was er mit der neuesten Erkenntnis beginnen sollte. Was hatte er schon? Einige eher nichtssagende Fotos, auf denen man ‚Nichts' sah! Jedenfalls nichts Genaues. Sein Redaktionschef, oder auch jeder andere Chef, würden ihn nur auslachen. Was er sich da wieder einmal zusammenreimte!?

Nein. So ging's nicht. Er brauchte mehr. Er brauchte etwas wirklich Handfestes. Sicherlich, man sah auf den Fotos ‚Jemanden' der scheinbar kein Fell hatte. Na und? Wahrscheinlich gab es mehr felllose Menschen, als er dachte. Es konnte zum Beispiel krankheitsbedingt sein, dann hätte er womöglich nur eine wohlmeinende Lehrerin einer gar nicht existierenden Ungehörigkeit beschuldigt!

Auch der seltsame Auftritt in der Öffentlichkeit konnte damit durchaus befriedigend erklärt werden. Er nahm sich eine Auszeit, was seinen Chef nicht weiter verwunderte, denn er war es von seinen Reportern gewohnt, dass sie hin und wieder Hirngespinsten nachjagten!

Kintro überlegte sich einen Aktionsplan. Er musste zu allererst ins Haus gelangen, das heißt, nicht nur ins Haus, sondern in dieses Zimmer, in welchem er diese seltsamen Vorgänge beobachtet hatte. Wenn er nur mit irgendeinem Schmäh ins Haus zu kommen versuchte, wäre er vermutlich augenblicklich durchschaut. Mit einem glaubwürdigen Ansinnen würde er hingegen kaum bis in dieses Zimmer gelangen.

Es sei denn, er machte sich ihre Eitelkeit zunutze. Hatte sie da nicht vor kurzem einen Preis gewonnen? Das müsste eigentlich funktionieren! Er benötigte dafür nichts weiter, als eine genaue Kenntnis von ihrem Projekt. Er machte sich also auf in sein Zeitungsarchiv um sich alle dafür benötigten Informationen zu beschaffen.

* ~ * ~ *

Leon war entsetzt. Was sollte er tun? Er wollte, er musste ihr zu Hilfe kommen! Aber wie? Er war bereit, alles zu riskieren, damit sie nur wieder unversehrt zu sich kam! Jetzt waren sie so nahe an einer Problemlösung für den Übergang und jetzt DAS!

Er überlegte krampfhaft, wie er vorgehen könnte. Irgendwie musste er es auf die andere Seite schaffen. Und zwar rasch! Wie war das nur mit dem Rollwagen gewesen? Wenn er im Grenzbereich stand konnte er, an seiner indifferenten Stelle im Übergang, von beiden Seiten bewegt werden. Wenn er also den Wagen in den Übergangsbereich schob und anschließend ... Das war alles Unsinn!

Es gab nur einen direkten Weg! Entweder es funktionierte, oder es funktionierte eben nicht! Es gab nicht dazwischen. Also legte er sich auf den Boden und schob sich vorsichtig in den flimmernden Bereich. Er lag auf dem Rücken und hielt die Arme und Beine eng an den Körper gepresst. Dann versuchte er mit den Fingerspitzen der linken Hand den Fußboden der fremden Wohnung zu berühren.

Er wünschte sich nichts sehnlicher, als dieses raue, faserige Holz zu spüren, um sich daran weiterziehen zu können. Aber alles was er spürte, war nur seine schweißnasse Hand. Er schloss die Augen und konzentrierte sich auf die Umgebung zu seiner Linken.

Dann begriff er, dass es nicht seine nasse Hand war, die er spürte, sondern der von seiner Hand genässte Plastiksack! Und der lag auf der anderen Seite! Blitzschnell rollte er sich auf seine linke Seite und blieb einen kurzen Augenblick mit geschlossenen Augen liegen. Dann öffnete er ganz vorsichtig zuerst das linke und dann auch das rechte Auge.

Was er sah, war die am Boden gekrümmt liegende Gestalt Sianas. Er robbte zu ihr hin und berührte ganz vorsichtig ihre linke Hand, die ausgestreckt vor ihm lag. Sie zuckte zusammen, ließ ansonsten aber keinerlei Reaktion erkennen. Nun, bereits wieder von der Sorge um Sianas Wohlergehen erfüllt, richtete er sich in eine kniende Stellung auf und versuchte sie anzuheben.

Dann legte er seine Wange an ihren Mund – er scheute sich ihn, selbst nur in Gedanken, ‚Schnauze' zu nennen! – und versuchte herauszufinden, ob sie noch atmete. Laue Luftströme strichen langsam über seine Wange. Leon atmete erleichtert ein paar Mal mit geschlossenen Augen tief ein. Als er sie wieder öffnete, sah er direkt in Sianas Augen, die überrascht und ein wenig erschrocken zu ihm aufblickten.

„Sta nou renso?" fragte sie erstaunt und perplex über seine doch unerwartete Nähe.

Leon, der in erster Linie froh darüber war, dass ihr offensichtlich nichts wirklich Gefährliches widerfahren war, interpretierte diesen kurzen Satz durchaus korrekt als ‚Wieso bist du hier?'. „Ich musste mich doch um dich kümmern! Ich konnte unmöglich tatenlos zusehen, wie du hier starr und bewegungslos herumliegst!"

Siana lachte laut auf. Natürlich verstand sie kein Wort von dem was Leon eben gesagt hatte, aber ebenso wie er erfasste sie den Sinn und war dankbar, dass er sich als eine Art Lebensretter versucht hatte. Erst jetzt wurde ihnen klar, dass sie sich ‚hören' konnten. Wenn sie auch unfähig waren zu verstehen, was der andere sagte, so war es, wenigstens in diesem Moment, doch tröstlich, die Stimme des Anderen zu hören.

Versuchsweise sprach Leon sie nun direkt an: „Siana?"

Siana machte einen Luftsprung und drehte ihre Pirouette. Wie sehr hatte sie sich die ganze Zeit gewünscht seine Stimme zu hören! Ihn ihren Namen aussprechen zu hören! Sicher, bei ihrem ersten Ausflug in seine Wohnung hatte er auch schon ihren Namen genannt. Aber damals waren sie viel zu sehr damit beschäftigt gewesen, die neue Umgebung zu erkunden. Jetzt aber hatte er sie direkt und persönlich angesprochen! Sie war selig. „Leon! Leon! Leon!" rief sie in ihrer Euphorie, hoffend, dass sie ihn korrekt aussprach.

Leon war tief berührt von ihrer Aufgekratztheit. Er wollte sie in seine Arme nehmen und mit ihr durch den Raum tanzen. Getraute sich jedoch nicht einmal sie nochmals zu berühren.

Siana hingegen hatte keine derartigen Hemmungen, stellte sich knapp vor ihn hin und berührte ihn sanft an der linken Wange. Langsam strich sie ihm von der Wange über das Kinn bis an den Hals.

Jetzt ebenfalls mutig geworden hob er seine rechte Hand und strich ihr ebenfalls sanft von der Wange über die Schläfe bis an ihren Hinterkopf und ein Stück den Rücken herab, bis er auf ein Kleidungsstück traf. Sie trug so etwas wie einen Dirndlrock, der sehr bequem aussah und sie vortrefflich kleidete.

Natürlich wollte er wissen, wieso sie das Bewusstsein verloren hatte. Siana wurde verlegen und begann ihm zu verstehen zu geben, dass sie ob des fremden, aber zu ihm gehörenden Geruchs zu lange und zu heftig die Luft aus dem Sack eingesogen und dabei aufs Atmen vergessen hatte. Was in der Folge selbstverständlich zu einer kurzen Ohnmacht geführt hatte. Es war ihr zwar peinlich zuzugeben, dass sie so verschossen in ihn war, aber wer, wenn nicht er, würde das sonst verstehen können?

So verbrachten sie eine gute Stunde in Gemeinsamkeit, bevor Leon darauf hinwies, dass er nicht sicher sein konnte, dass er auch wieder retour in sein Refugium kam. Das stellte sich jedoch glücklicherweise als unbegründet heraus und Leon atmete nun endlich erst richtig auf.

Natürlich wollte Siana es unbedingt sofort ebenfalls probieren. Alle gut gemeinten Mahnungen zur Vorsicht, die Leon ihr anbot, fruchteten nichts. Siana tat es ihm gleich und kam ‚herüber'. Sicherheitshalber aber auch gleich wieder zurück. Es reichte schon, dass es ihr auch gelang.

Leon versuchte erst gar nicht dahinter zu kommen, wie und warum es plötzlich möglich war in die andere Welt überzuwechseln. Er hatte nur so einen Verdacht, dass durch ihre vielen Versuche die Membran durchlässiger geworden war.

Andererseits: Alles was die ganzen Übergänge ermöglicht hatte, war der Boden! Die auf hundertstel Millimeter exakte Ausrichtung der beiden Fußböden schien in irgendeiner Weise zwar nicht dafür verantwortlich, aber irgendwie dafür notwendig zu sein.

Siana, die nun endlich die Möglichkeit sah, in Leons Welt einzutauchen, wollte das sofort am nächsten Tag tun. Was also blieb ihm anderes übrig, als ihrem Wunsch nachzugeben. Trotzdem wählten sie eine Abendstunde, da die Chance, nicht als ‚Außerirdische' erkannt zu werden in dieser Zeit deutlich besser war.

* ~ * ~ *

Als Kintro am nächsten Tag zu Sianas Haus kam, war diese nicht zu Hause. Er begab sich wieder an seinen Aussichtspunkt um ins Haus sehen zu können, aber alles war finster. Jeder Raum, den er sehen konnte, war in Dunkelheit gehüllt. Er musste sich also offensichtlich wieder in Geduld üben.

Trotz der Dunkelheit konnte er jedoch in dem geheimnisumwitterten Raum verschiedenes Ungewöhnliches erkennen: Da lagen immer noch einige dieser Schläuche herum und auch noch der zusammen gefallene leere Sack.

Kintro schloss daraus, dass sie nicht weit sein konnte und er daher möglicherweise ihre Rückkunft aus der ‚anderen Welt' würde erwarten können. Also richtete er sich bequem ein und wartete.

* ~ * ~ *

Am folgenden Abend kam sie, gleich nachdem sie ihre Wohnung betreten hatte, zu ihm herüber und begrüßte ihn mit dem, jetzt auch von ihm hörbaren, „Asam Krus, Leon!"

Worauf er selbstverständlich mit „Ich begrüße dich Siana!" antwortete. Diese völlig neue und ungewohnte Art der Kommunikation war ihnen sofort in einer Weise vertraut, als wäre es nie anders gewesen. Die relativ tiefe gutturale Stimme Sianas faszinierte Leon in einer Weise, dass er sich, hätte er das nicht schon längst getan, augenblicklich in sie verliebt hätte.

Für Siana wiederum war Leons weiche, einschmeichelnde Stimme wie die sanfte Berührung eines angenehm lauen Windhauchs. Sie konnte sich an dieser Stimme nicht mehr satt hören. Vor allem, wenn er sie beim Namen nannte.

Vorsorglich hatte Leon eine Mundschutzmaske besorgt, welche Sianas ungewohnte Kopfform soweit kaschierte, dass es kaum jemandem auffiel, der nicht allzu genau hinsah. Dermaßen ausgestattet verließen sie Leons Wohnung und nahmen den Aufzug ins Erdgeschoss.

Das heißt, sie wollten ihn nehmen, aber das war gar nicht so einfach, denn Siana hatte Panik sich in diesen kleinen, engen Raum einzuschließen. Es bedurfte Leons gesamter Überredungskunst, sie davon zu überzeugen, dass ihr darin nichts passieren konnte. Trotzdem presste sie sich, die ganze 30 sekündliche Aufzugsfahrt, mit geschlossenen Augen fest an ihn. Und stieg endlich erleichtert unten wieder aus.

Der nächste Schock, obwohl sie sich geistig dafür gewappnet hatte, traf sie, als sie aus dem Haus traten. Leons Haus, welches an der Rückseite mit einer Grünfläche begrenzt war, lag an der Vorderseite an einer doch stark befahrenen Straße mit entsprechendem Verkehr, in der Nähe einer der Murbrücken. Oben in der Wohnung und zum Garten hinaus war davon natürlich so gut wie gar nichts zu bemerken.

Hier allerdings traf sie der Straßenlärm mit voller Wucht. Siana hielt sich vorerst einmal die Ohren zu und schloss die Augen. Nach einiger Zeit, vielleicht ein-zwei Minuten, öffnete sie zuerst ihre Augen und nahm anschließend auch die Hände von den Ohren. Jetzt ließ sie die gesamte neue Umgebung langsam auf sich einwirken.

Siana kam aus dem Staunen gar nicht mehr heraus. Die vielen scheinbar ziellos herumstreifenden Menschen, die Menge an Geschäften und Lokalen, die Fahrzeuge, ja sogar die mitten durch Graz fließende Mur, all das konnte sie kaum fassen. Aber am meisten beeindruckten sie die in ihren Augen ungeheuer hohen und dicht an dicht stehenden Häuser.

Leon, der ‚sein Graz‘ immer nur als unbedeutende Kleinstadt empfunden hatte, war nun geradezu stolz darauf. Leider konnte er ihr kaum etwas erklären und schon gar nicht ihre vielen Fragen beantworten. Zwar hatten sie ein Sammelsurium von Zeichen vereinbart, um zu verhindern, dass sie womöglich getrennt wurden, für eine gedeihliche Verständigung reichte es jedoch keinesfalls. Allenfalls für das Hinweisen auf eine ungewöhnliche oder besonders interessante Sache. Die Erklärungen mussten warten, bis sie wieder zuhause waren.

Sie kamen überein, dass ein paar Grundbegriffe der fremden Sprache unerlässlich waren, wollten sie überhaupt sinnvoll kommunizieren. All die mehr oder weniger untauglichen Mittel, welche sie bisher zur Verständigung benutzt hatten, waren angesichts ihrer neuen Verbundenheit Vergangenheit geworden.

* ~ * ~ *

Am Nachmittag des nächsten Siels läutete es an Sianas Tür. Erstaunt darüber, wer um diese Zeit ohne Vorankündigung zu ihr wollte, wollte sie schon vorgeben, nicht zu Hause zu sein. Schließlich entschloss sie sich aber doch noch dazu die Türe zu öffnen.

„Mein Name ist Kintro vom Mirsis Explorer und ich würde gerne eine kleine Reportage über ihre Erfolge beim letzten Gartenarchitekturbewerb machen."

„Da gibt es nicht viel darüber zu berichten, ich bin sowieso nur Zweite geworden. Und nachdem ich beim letzten Mal so schändlich behandelt wurde, habe ich nichts weiter dazu zu sagen."

Siana hatte derzeit naturgemäß keinerlei Interesse an irgendwelchen Reportagen.

Kintro ließ das nicht gelten.

„Sehen sie, genau darüber möchte ich mich mit ihnen unterhalten, über ihren unverdienten Rauswurf!"

„Sie wissen, dass er unverdient war?" Siana war erstaunt, dass das doch so publik geworden war.

„Selbstverständlich! Ich recherchiere ordentlich, bevor ich mich einer Sache annehme!"

Kintros gekränkte Reportereitelkeit musste verteidigt werden.

„Nun, eigentlich ..." Siana wusste nicht recht, wie sie ihn abwimmeln konnte.

„Können wir das nicht drinnen besprechen? Das ist sicherlich kein Thema, das man zwischen Tür und Angel breittritt!" Meinte Kintro im Versuch eines versöhnlicheren Tonfalles.

Was sollte sie machen? Wenn Siana ihn vor der Türe stehen ließ, war das noch viel Auffälliger. Also bat sie ihn herein.

„Ja, natürlich! Kommen sie bitte herein."

Kintro kam sofort auf den Punkt. „Wie kam es nun also dazu? Schuld an allem war doch dieser Korant, der dann sogar gewann, oder etwa nicht?"

„Ganz genau! Er kam unter einem billigen Vorwand zu mir nach Hause und hat mir den Projektentwurf, meinen Entwurf, gestohlen. Und ich konnte leider nicht beweisen, dass er von mir stammte."

Eigentlich wollte sich Siana gar nicht mehr daran erinnern oder daran erinnert werden.

„Dafür haben sie sich heuer aber ordentlich gerächt! Wie haben sie sich eigentlich davor geschützt, dass dasselbe nicht nochmals geschah?" Setzte Kintro sofort nach.

„Ich habe den neuen Entwurf ganz geheim gehalten. Niemand wusste bis zuletzt, dass ich wieder einen neuen Entwurf einreichen würde."

„Wie können sie hier etwas geheim halten? Das Haus hat ja gerade einmal vier Räume! Oder gibt es einen Raum, den man nicht so rasch finden kann?" Kintro tastete sich langsam heran.

„So einen Raum gibt es tatsächlich."

Irgendetwas musste sie ja sagen, das in seinen Ohren vernünftig klang.

Jetzt oder nie: Kintro ging frontal darauf los. „Dürfte ich so unverschämt sein und mir diesen Raum auch ansehen? Das ist schon eine sehr gewiefte Methode! Verstecken, ha!"

„Nun betreten dürfen sie ihn nicht, aber ich zeige ihnen, wo er sich befindet." Siana zeigte ihm von ihrer Schlafzimmertüre aus die Türe in das Fremdenzimmer.

Kintro sah nur die einen kleinen Spalt geöffnete Türe und dahinter sonst nichts.

„Ist der nicht zu klein, um darin ein so umfangreiches Projekt zu entwickeln?"

„Durchaus nicht. Er ist zwar nicht besonders groß, aber für eine derartige Sache durchaus ausreichend!"

Irgendwie kam ihr die Neugierde dieses Reporters schon langsam seltsam vor.

„Ich darf wohl nicht hinein, weil sie schon wieder an einem neuen Entwurf arbeiten? Hab' ich Recht?" Kintro versuchte seine Neugier etwas abzuschwächen.

„So ähnlich." Siana konnte den Reporter, so freundlich und ehrlich er auch schien, unmöglich in das Fremdenzimmer lassen.

Für Kintro war damit jedoch klar, dass sich dort etwas verbarg, das in Erfahrung gebracht werden musste. Er hatte nur noch keine Idee, wie er das bewerkstelligen konnte.

Überraschungen

Siana erzählte Leon natürlich von dem Besuch des Reporters. Leon fand nichts weiter dabei, er war selbst schon aus den fadenscheinigsten Gründen interviewt worden. Auch an Sianas Entgegenkommen konnte er nichts Verdächtiges finden.

Als nächstes wollten sie sich der Sprache widmen. Es stellte sich sehr bald heraus, dass Sianas Sprache ‚Virsi' eine sehr viel einfachere Struktur aufwies als das eher sperrige Deutsch. Daher einigten sie sich auf Virsi. Die eher einfachen Vokabeln wie ich und du, bitte und danke waren natürlich kein Problem.

Verständlicherweise ging es nicht um diese einfachen Vokabeln, darauf ließ sich keine brauchbare Konversation aufbauen. Also einigten sie sich auf die Birkenbihl-Methode, die aus Hören, aus Nachsprechen und der darauf folgenden Anwendung beruhte. Sie wollten das auch gleich bei einem Ausflug von Leon in die Welt Sianas ausprobieren.

Zu diesem Zweck nahm Leon eine große Sonnenbrille und einen tief ins Gesicht gezogenen breitkrempigen Sonnenhut. Damit, so hofften sie, würde niemand besonderes Interesse bekunden. Der eine oder andere Blick von zufälligen Passanten würde dadurch ausreichend beschwichtigt werden.

Aber zuvor galt es noch, sich kennen zu lernen. Endlich waren sie in der Lage sich gegenseitig zu berühren, zu beriechen und ganz allgemein zu bestaunen. Die unglaubliche Beweglichkeit Sianas war für Leon ein Rätsel. Zwar hatte er Vergleiche mit terranischen Katzen angestellt, aber das alleine reichte als Erklärung nicht aus.

Ein ähnliches Problem hatte Siana mit der Steifigkeit Leons. Wohl hatte sie sich über seine Kräftigkeit gewundert, etwa als er sie bei ihrem allererersten Übergang zuerst aufgefangen und anschließend zurück in ihr Zimmer gebracht hatte. Nicht einmal Ramta, den sie immer als besonders stark eingeschätzt hatte, wäre dazu in der Lage gewesen. Und dabei war Ramta auch noch einen guten Kopf größer als Leon! Er musste ein völlig anderes Knochen- und Muskelkonzept haben!

Nachdem sie sich also ausgiebig mit der Erscheinung des Anderen befasst hatten, machten sie sich auf den Weg in Sianas Waldwelt.

* ~ * ~ *

Kintro hatte nicht erwartet, dass er schon so bald Erfolg haben würde. Er hatte sich kaum hinter Sianas Haus im Ästegewirr häuslich eingerichtet, als Siana mit dem fremden Mann ihr Haus verließ. Von den beiden ungesehen folgte er ihnen in unverdächtiger Entfernung. Er wartete auf eine günstige Gelegenheit um sie gut sichtbar von vorne vor seine Kamera zu bekommen.

Diese Gelegenheit bot sich, als sich der fremde Mann für das besonders attraktive Haus eines Kaufmannes interessierte, das in mehreren Stufen um wenigstens drei Kaspikbäume herum gebaut worden war. Jedes der zirka fünf getrennt voneinander hängenden Gebäude war mit seinen Geschwistern durch elegant geschwungene Hängebrücken verbunden.

Der Fremde wollte offenbar dieses Haus aus der Nähe sehen und war bereit dafür sogar dessen Besitzer um Erlaubnis zu bitten. Kintro, der inzwischen an der Rückseite dieses Hauses gut getarnt durchs Geäst turnte, sah seine Chance gekommen. Er bekam ein paar vielsagende Aufnahmen der Beiden. Auch ohne sie entwickelt zu haben wusste er, was er da vor die Linse bekommen hatte. Dieser Fremde war definitiv nicht von dieser Welt!

Ein Interview mit ihm wäre das Nonplusultra seiner Karriere! Niemals mehr würde irgendwer über seine Spinnereien lächeln! Im Grunde hatte er schon jetzt nichts mehr zu verlieren. Also verließ er seine Tarnung und trat ihnen offen entgegen. Rasch noch zwei, drei Fotos, bevor er sie ansprach.

„Asam Krus, Reinte!" Sagte er in vollendeter Höflichkeit.

„Ich habe eben noch einige Aufnahmen von ihrer reizenden Umgebung gemacht und hatte nicht damit gerechnet sie nochmals zu treffen. Aber vielleicht ist es möglich, dass sie mir sagen wem dieses wunderbare Haus gehört!?" (Dieser Nachsatz war selbstverständlich auch in Virsi, aber wir wollen den Leser nicht über Gebühr belasten!)

Siana und Leon waren wie erstarrt. Nicht dass sie nicht mit der einen oder anderen Begegnung gerechnet hätten. Dieser Reporter erschien nun jedoch in einem völlig anderen Licht. War er tatsächlich nur wegen ihres, vor kurzem errungenen, Erfolges hier? Leon bezweifelte es. Er hatte zu viele negative Erfahrungen mit Reportern jeglicher Couleur!

Dennoch fing sich Leon als Erster und wollte es gleich auf den Punkt bringen.

„Ihnen einen ebenso schönen Tag!" sagte er bewusst auf Deutsch. Da würde sich sofort herausstellen, hinter welcher Geschichte er wirklich her war. Und er irrte sich nicht.

„Oh! Was für eine interessante Sprache! Ich habe noch nie auch nur so etwas Ähnliches vernommen!"

Kintros Augen leuchteten vor Begeisterung. Es war also doch weitaus mehr an dieser ominösen Sache dran, als er schon die ganze Zeit vermutet hatte!

Das war es also! Er war hinter ihm her! Er hatte sich nach Sianas Bericht schon so etwas gedacht. Jetzt war guter Rat teuer. Sollten sie es ganz einfach bestätigen oder bestreiten? Leon versuchte daher Siana klarzumachen, dass sie besser versuchen sollten, eine gütliche Lösung herbeizuführen. Siana schien diese Idee jedoch nicht zuzusagen. Sie fürchtete offensichtlich die Implikationen, die ein solches Geständnis heraufbeschwören würde. Sie gab so schnell nicht auf.

„Was wollen sie denn nun wirklich von mir?" Fragte sie daher in einem recht forschen Ton, den sie wohl auch bei einem aufmüpfigen Schüler gebrauchte.

„Von ihnen will ich eigentlich gar nichts. Ich möchte lediglich wissen, woher dieser Mann kommt und wie er in ihr Haus hinein und wieder heraus kommt. Das ist alles." Kintro gab sich ganz als erfahrener Journalist.

„Sie haben doch gesehen wie er aus dem Haus heraus kam, oder etwa nicht?" Siana wirkte jetzt schon richtiggehend ärgerlich.

„Sie wissen sehr genau, dass ich nicht ‚das' gemeint habe. Also: Wie?" Kintro war anlehnende und vor allem aufmüpfige Interviewpartner gewohnt.

„Ich sehe nicht, wie und warum ich ihnen darüber Auskunft geben sollte! Sie würden daraus sowieso nur eine schauerliche Geschichte machen um ihrer Zeitung zu einer höheren Auflage zu verhelfen!"

„Was, wenn ich ihnen das gesamte Manuskript zur Genehmigung vorlegen würde. Würde das ihre Meinung eventuell ändern?" Zuckerguss und Honig wirkten fast bei den meisten Menschen.

„Kaum. Das Einzige, das vorstellbar wäre, wäre ein Abkommen über das vollständige Stillschweigen über die gesamte Angelegenheit." Siana wusste dass es so nicht funktionieren würde.

„Aber liebe, gute Frau! Das können sie nicht von mir verlangen! Was auch immer hinter dieser Geschichte steckt, die ganze Welt hat ein Recht darauf, sie zu erfahren!"

Mit Ehrgeiz und Ruhm waren sehr viele zu ködern.

„Da bin ich gänzlich anderer Meinung. Wenn ihnen erst die ganze Wahrheit bekannt wäre, hätten wir in Null-Komma-Nichts Abertausende und Abertausende Schaulustige und mehr hier!"

Siana war vollkommen darauf aus ihn abzuwimmeln.

„Aber sie können eine solch hochinteressante Story doch nicht auf Dauer geheim halten! Wenn nicht ich, dann wird eben über kurz oder lang ein anderer Journalist hier auftauchen. Und ob der mit so viel Sorgfalt wie ich bei ihnen auftaucht möchte ich dahingestellt lassen!"

Wenn er genug davon preisgab, wie viel er schon wusste, hatte er eventuell noch eine gute Chance.

„Darauf lasse ich es ankommen."

Siana war so verschlossen, als hätte sie jemand eines

Gewaltverbrechens beschuldigt.

„Was sagt eigentlich ihr Begleiter dazu? Ich habe noch nicht das kleinste Kommentar von ihm vernommen!"

Kintro musste unbedingt wieder Boden gewinnen.

„Da werden sie wohl auch kaum eines kriegen, er spricht nicht unsere Sprache und ob sie mit seiner etwas beginnen können, wage ich zu bezweifeln!"

So kaltschnäuzig hatte sie Leon bisher noch nie erlebt.

Siana hatte sich tapfer geschlagen, aber sie hatte in Wahrheit nicht die geringste Chance. Zwar hatte Leon natürlich kein Wort der hitzigen und lauten Diskussion verstanden, aber der Sinn lag auf der Hand. Aus eigener leidvoller Erfahrung wusste er, dass gegen Sensationsreporter – und um einen solchen handelte es sich ganz offensichtlich – kein Kraut gewachsen war!

Eigentlich gab es nur zwei Möglichkeiten: Entweder sie weihten ihn ein und hofften auf seine Zurückhaltung bezüglich der unglaublichen Wahrheit, oder sie vertrieben ihn und hofften, dass nicht schon morgen eine ganze Herde weiterer Reporter hier aufkreuzte.

Er deutete Siana, dass er sich kurz mit ihr beraten wollte und dass sie den Mann dafür etwas zur Seite bitten sollte. Nachdem Siana das getan hatte, nahm er sie zur Seite und versuchte auf einfachste Weise ihr diese beiden Möglichkeiten zu erklären. Und ihr verständlich zu machen, dass es praktisch keine vernünftigen Alternativen dazu gab.

Nach einigem hin und her entschieden sie sich für die Einweihung. Sie wollten es ganz einfach ‚vorführen'. Und danach entscheiden, inwieweit sie den Mann von einer übereilten Bekanntmachung abhalten konnten. Sie würden das abhängig davon machen, wie sich die Sache entwickelte.

Also wandte sich Siana wieder an Kintro. „Kommen sie!"

Forderte sie ihn so schroff wie sie nur konnte auf. So ganz war sie mit Leons Vorschlag nicht einverstanden. Eigentlich zu Recht, wie Leon gestehen musste. Aber sie hatten keine wirklich große Auswahl.

Mit zufriedenem Ausdruck im Gesicht folgte uns Kintro in

Sianas Haus. Er ahnte wohl, dass das Geheimnis mit dem kaum einsehbaren einfenstrigen Raum hinter ihrem Schlafraum zusammenhing, denn er steuerte zielgerecht darauf zu. Aber bevor sie den Schlafraum erreichten bedeutete Leon ihm die Kamera abzulegen.

Kintro war entsetzt. Ohne Kamera war er beinahe hilflos! Dennoch mussten wir darauf bestehen. Und nach längerem Zögern gab er nach. Er hatte wohl schon mehr erreicht als er nach dem lautstarlen Disput zu hoffen gewagt hatte.

Als wir Sianas ‚Fremdenzimmer' betrateten fiel ihm die sprichwörtliche Lade herunter. Er blieb einen kurzen Moment stehen, dann bewegte er sich so vorsichtig, wie es wohl nur Katzen können, an die Grenze heran. Bisher hatte er noch kein Wort gesagt. Kurz vor der Barriere blieb er stehen und ließ das Bild das sich ihm bot auf sich wirken.

Dass er die Trennschicht erkannte rechnete Leon ihm hoch an. Dumm war er also keineswegs. Schließlich brachte er wenigstens ein Wort heraus: „Unglaublich!" Dann wandte er sich zu mir, Leon, mit einem fragenden Blick um. Er wollte offenbar wissen – und vor allem sehen – wie diese beinahe unsichtbare Barriere überwunden werden konnte.

Also tat ich ihm den Gefallen, legte mich in die richtige Position unter den schimmernden ‚Vorhang' und bewegte mich langsam tastend in meinen Wintergarten. Dort angekommen stand ich auf und sagte, in der von uns üblicherweise angewandten Zeichensprache, an Siana gewandt sie solle ihm erklären, dass nur sichtbares Licht die Grenze unbehindert überwand.

Ich sah wie dieser Reporter heftig auf Siana einredete und sie von etwas zu überzeugen suchte, das sie ihm entweder nicht gestatten oder nicht erklären konnte oder wollte. Schließlich nahm er sich ein Herz, legte sich, so wie ich vorhin, unter die Barriere und versuchte auf meine Seite zu gelangen.

Er stellte sich eigentlich recht geschickt an, aber dennoch misslang ihm der Übergang und er landete in dem hinteren Bereich des Fremdenzimmers. Enttäuscht stand er auf und kam zu Siana zurück. Siana, die ob seines erfolglosen Versuches in

Lachen ausgebrochen war, winkte seine Frage ab.

Aus Sicherheitsgründen – wir wollten in jedem Fall verhindern, dass er Aufnahmen von dem geteilten Raum machte – überquerte ich die Barriere wieder und trat zu den beiden hinzu. Kintro schien eher erbost denn erzürnt über sein Missgeschick und wollte herausfinden, woran es lag.

Jedoch sowohl Siana als auch ich hatten keine wirkliche Erklärung für den Vorgang. So konnten wir nur schulterzuckend unsere Unwissenheit bekunden. Jetzt begann die Verhandlung über Kintros Stillschweigen. Wir wollten und konnten ihn selbstverständlich nicht davon abhalten einen mehr oder weniger ausführlichen Bericht darüber zu verfassen. Er sollte jedoch bestimmte Aspekte, wie etwa die Möglichkeit des Überganges, nicht erwähnen, sondern es ausschließlich bei der Lichtdurchlässigkeit belassen. Außerdem sollte er den Ort nicht preisgeben, damit würden wir zumindest eine kleine Galgenfrist bekommen, bevor ganze Horden von Neugierigen anrückten.

Beim Nächstenmal wollten wir ihm auch Aufnahmen gestatten, soferne er sich an die getroffenen Abmachungen hielt. Wir wollten abwarten ob er uns das Manuskript vor Drucklegung zur Begutachtung vorlegen und danach auch nur das begutachtete drucken ließ. Wir hatten sogar die etwas unvernünftige Hoffnung, dass dieses Manuskript abgelehnt werden würde.

Nach diesem aufregendem Tag gingen wir beide erschöpft zu Bett.

Unglaubliches

Die nächsten Tage vergingen relativ ereignislos. Wir, das heißt ich, lernte fleißig Virsi, in der Hoffnung einmal eine normale Konversation mit Siana führen zu können. Siana ihrerseits versuchte sich wenigstens ein paar Brocken deutsch anzueignen. Meiner Meinung nach mit größerem Erfolg als ich. Sie war eben eine Lehrerin und im Lernen offensichtlich geübter als ich.

Darüber hinaus machten wir ausgedehnte Spaziergänge sowohl in ihrer, als auch in meiner Welt. Siana verlor nach und nach jedoch ihre überschwängliche Begeisterung für die Wunder meiner Welt und begann sich mehr für die alltäglichen Dinge wie Familie, Soziales, Erziehung, Sport und Kultur zu interessieren.

Umgekehrt war sie mit ihren Auskünften zu denselben Themen ihrer eigenen Welt sehr sparsam. Entweder weil sie meine so viel erfolgreicher einschätzte als ihre, oder weil sie meine Fragen nicht beantworten konnte. Letzteres erschien mir aber eher unwahrscheinlich.

Es gab jedoch einige Dinge, die ich nach uns nach doch aus ihr heraus bringen konnte. Da waren zum Beispiel die Familienverhältnisse. So lebten beispielsweise drei Viertel ihrer Schüler nicht mehr im Elternhaus, obwohl sie noch nicht selbständig Verantwortung tragen konnten! Oder etwa in Punkto Medizin. Zwar wurden diverse Äußere Verletzungen durchaus mit Erfolg behandelt, inwieweit dies jedoch für innere Krankheiten auch zutraf war nicht zu ermitteln.

Oder, besser noch: Politik. Zwar wusste ich, dass ihr Schwager als Rat in irgendeiner politischen Vereinigung tätig war, inwiefern sich das jedoch als politische Stellung einordnen ließ blieb unklar. Trotzdem gab es so etwas wie ein Staatswesen mit Ländern, Bezirken und Regionen. Wie deren Verwaltung aussah wusste ich allerdings nicht. Soweit ich es überhaupt mit irgendeiner anderen Sache in Verbindung setzen konnte, hatte das vor allem mit Sprache zu tun. Soweit Siana wusste gab es wenigstens zwei- bis dreihundert Sprachen auf ihrem Planeten.

* ~ * ~ *

Nach zirka drei Tagen kam Kintro mit seinem Manuskript zurück. Völlig unerwarteterweise, für mich jedenfalls, hatte er sich an alle Vereinbarungen gehalten. Zwar konnte ich das nur insoweit beurteilen, als mir seitens Siana glaubhaft versichert wurde, dass dem so war, aber ich hatte auch aufgrund des Verhaltens dieses Reporters ein gutes Gefühl. Wenn er jetzt auch noch in seiner Redaktion bei der Geschichte blieb, konnten wir ihm getrost einige Aufnahmen zugestehen. Es blieb also abzuwarten, ob sich das gute Gefühl bestätigte.

* ~ * ~ *

Während meiner ,Schulstunden' hatte ich oft Gelegenheit Siana nicht nur zu beobachten, sondern auch zu bewundern. Ihre flache pelzige Nase etwa, oder ihre kleinen spitzen Ohren, die sich wie von selbst bewegten, wenn sie einem unerwarteten Geräusch nachspürten. Vor allem ihre immense Beweglichkeit verblüffte mich immer wieder. So konnte sie sich zum Beispiel, wenn sie saß den Oberkörper um mehr als Hundertachtzig Grad verdrehen!

Und erst ihre Stimme! Ich konnte nicht genug von ihrem eigenwilligen, schnurrenden, gutturalen Singsang bekommen. Nur allzu oft verlor ich den Faden von dem was sie mir gerade nahe bringen wollte, nur weil ich verzückt ihrer Stimme lauschte. Das brachte mir zwar jedes Mal ein zur Ordnung rufendes Knurren ein, aber selbst diese Verweise genoss ich.

Aber das Höchste der Gefühle war, wenn wir uns, absichtlich oder nicht, an den Händen berührten! Ich wollte sie jedes Mal am liebsten gleich am ganzen Körper streicheln. Ihr Fell, das, wie ich wusste, ausgiebigst und penibel gepflegt wurde, war von einer seidenen Weichheit, wie ich sie noch niemals vorher gespürt hatte!

Aber sie so richtig in die Arme nehmen verbat ich mir. Schließlich musste ich davon ausgehen, dass eine körperliche Verbindung ganz gewiss nie und nimmer möglich wäre. Selbst unter der Voraussetzung, dass unser kleines privates Refugium für alle Zeiten bestehen blieb – was ich grundsätzlich für höchst unwahrscheinlich hielt! – musste unsere Beziehung platonisch sein und bleiben!

Zwar gab es so etwas wie eine stille Vereinbarung darüber, dass wir dieses Thema geflissentlich mieden, aber bestimmte Reaktionen ihrerseits deuteten auf eine ähnliche Gefühlslage hin, wie ich sie hatte. Dennoch hatte sich in der kurzen Zeit unseres Kennens eine Art Zuneigung heraus gebildet, die schon sehr nahe an innige Vertrautheit herankam.

Aus rein praktischen Erwägungen heraus zeichnete ich alle unsere Lehrstunden audiovisuell auf. Erstens konnte ich in der Zeit, welche wir nicht zusammen verbrachten weiter üben und zweitens hatte ich so etwas wie eine Kontrollstimme für die Aussprache. Denn die Aussprache Sianas war, kraft ihres Lehr- berufes, tadellos.

Neben dieser Aktivität kamen unsere Ausflüge in die andere Welt nicht zu kurz. Dabei stellten wir fest, dass der Übergang jedes Mal ein klein wenig einfacher wurde. Schließlich genügte es schon, wenn wir mit dem Fuß unter der Grenzsphäre nach der veränderten Bodenbeschaffenheit tasteten und sobald wir sie gefunden hatten einfach hinüber glitten. Was sich allerdings nicht änderte war die Durchlässigkeit für alle anderen physika- lischen Eigenschaften. Es blieb immer nur die Optik.

Bei einem unserer Ausflüge nahm ich sie mit auf den Schöckl. Ich wollte ihr den grandiosen Ausblick auf das Alpen- vorland Ostösterreichs: Die Raxalpe, den Hochschwab, den Hochwechsel und andere unbedingt zeigen. Es war schon ein äußerst erhabener Blick auf die Bergwelt!

Bei diesem Ausflug trat das erste Mal eine Art ‚Unschärfe' auf. Das heißt, Siana wurde zeitweise geradezu durchsichtig. Zwar nur für einige wenige Sekunden und auch nur im Abstand von ein, zwei Stunden, jedoch es erschreckte uns dennoch. Was sollten wir davon halten? War das schon ein Zeichen dafür, dass die Verbindung zwischen den Welten zerbrach?

Wir hatten von Beginn an vermutet, dass diese Verbindung nicht ewig halten würde, aber nach einiger Zeit vergaßen wir, dass unsere gemeinsam verbrachte Zeit ein Ablaufdatum hatte. Jetzt holte uns die Wirklichkeit ein.

* ~ * ~ *

Der Artikel im Mirsis Explorer war die eins-zu-eins-Wiedergabe des uns vorgelegten Manuskriptes. Soweit wir sehen konnten hatten wir es doch tatsächlich mit einem ehrlichen Journalisten zu tun. Ob es die unerwartete Konfrontation mit der sonderbaren Weltenverbindung war, oder ob es etwas gänzlich anderes war, wer wusste das schon?

Es erstaunte uns auch nicht weiter, als er, Kintro, einige Siele später wieder vor der Tür stand und um ein weiteres Interview bat. Ja, bat! Unglaublich aber wahr. Siana führte ihn herein ins Fremdenzimmer, diesmal sogar mit seiner Kamera.

Es war auf Leons Seite gerade Nacht, etwa zwei Uhr morgens, und sie wussten nicht recht, wie sie es angehen sollten. Schließlich entschloss sich Siana hinüber zu gehen und im Wintergarten Licht zu machen, sodass man wenigstens etwas von den Pflanzen sah. Die Hibisken standen in voller Blüte und waren traumhaft anzusehen.

Um Kintro nicht noch weiter zu verunsichern vollzog sie den Übergang nach der ursprünglichen, alten Methode. Kintro sah ihr genau zu, konnte jedoch nicht erkennen, was anders war, als bei ihm. Er dachte darüber nach und kam zu dem Schluss, dass es an ihm lag: Er war an dieser, dieser ... Verbindung nicht beteiligt! Es musste etwas zwischen diesen beiden durch Äonen getrennte Wesen geben, das sie so sehr verband, dass sogar die ungeheuren Entfernungen des Alls zu Nichts schrumpften! Es konnte gar nicht anders sein!

Nachdem Siana das Licht angeknipst hatte und wieder

zurück in ihre Wohnung gekommen war, machte Kintro einige Fotos. Dann ersuchte er Siana, ihm einige Fotos von drüben, zum Beispiel aus dem Fenster und aus der restlichen Wohnung Leons zu machen. Siana lehnte mit dem Hinweis ab, dass sie Leons Nachtruhe nicht stören wollte und vertröstete ihn aufs nächste Mal, wenn Leon wieder mit von der Partie wäre.

Verbundenheit

Wir konnten unserem Reporter selbstverständlich nicht alle Wünsche erfüllen, selbst wenn wir es mitunter gerne getan hätten. Das lag nur zum geringen Teil daran, dass wir nicht wollten. Meistens war es ganz einfach nicht möglich. Es war beispielsweise unmöglich Kintro auf die Leon-Seite zu bringen.

Wir schlossen uns letztlich seiner Meinung an, dass die Verbindung und der Übergang nur uns, also Siana und mir, möglich war. Wir sprachen auch über die neuerdings auftretenden Ausfälle, die übrigens heute nicht mehr nur Siana sondern auch mich betrafen. Wir wussten nicht, was wir davon halten sollten und ob es etwas, beziehungsweise was es bedeuten könnte oder würde.

Irgendwie wurde uns bewusst, dass es ein Ende unserer interessanten und unmöglichen Begegnung geben würde. Daher nahmen wir alles, was uns an diese kurze Episode und an unsere Beziehung erinnern würde nicht nur sehr intensiv in uns auf, sondern wir sammelten auch alle Beweisstücke die diese Erinnerungen wach halten würden.

Ich drehte kleine Filme über unsere Zweisamkeiten und ich besorgte ihr ein Abspielgerät und genügend Batterien dazu, damit sie diese kleinen Filmchen auch ansehen konnte. Zwar gab es schon Elektrizität in Sianas Welt, elektrische Geräte, welche mit Batterien oder Akkus funktionierten gab es jedoch praktisch nicht. Da war vieles noch im Versuchsstadium, wie etwa auch die Filmtechnik.

So lebten wir also fröhlich und mehr oder weniger sorglos in den Tag hinein. Kintro, sowie auch Sianas Schwester Zildis waren uns oftmals liebe Begleiter geworden. Da Kintro ahnte, dass der ganze Spuk bald vorbei sein würde, verzichtete er vorläufig auf weitere Reportagen im Mirsis Explorer und sammelte lediglich Material. Er war nämlich der Meinung, dass dieses Phänomen auch anderswo auftreten würde und wollte dann derjenige sein, der bereits Erfahrung damit hatte und damit den Vorsprung, der unbedingt erforderlich war um an der Spitze zu bleiben.

* ~ * ~ *

Etwa eine Woche später wurden die Ausfälle, also die Zeiten, in denen wir für den anderen ,durchsichtig' wurden immer häufiger und auch länger. Aber noch waren die beiden Zimmer verbunden und wir konnten auf die andere Seite wechseln.

Dann gab es eine Zeit, in der faktisch kein Übergang möglich war. Das war der Moment, wo wir dachten, dass das Ende knapp bevor stünde. Da wir das Ende jedoch nicht versäumen wollten, blieben wir die gesamte Zeit beisammen. Das heißt, ich lernte immer noch fleißig Vokabeln und Syntaxen und Siana schrieb alle Vokabeln, die sie mir schon beigebracht hatte auf, sodass ich auch ein Schriftbild von Virsi erhielt.

Ich hatte zwar keine Ahnung wofür das gut sein sollte, denn ich dachte dass sich diese Begegnung kaum wiederholen würde. Trotzdem fand ich die Idee als solche gut, denn falls es irgendwann in einer eher fernen Zukunft zu weiteren Begegnungen kam, konnten die dann daran Beteiligten darauf zurückgreifen. Falls sich dann überhaupt noch irgendjemand daran erinnerte, dass es eine derartige Begegnung bereits einmal gegeben hatte.

Etwa zwei Tage später, wir standen uns zufälligerweise gerade an der Grenze gegenüber, spürten wir, dass wir uns voneinander entfernten. Wir versuchten noch uns an den Händen zu fassen, aber es war zu spät! Langsam, aber unaufhörlich drifteten die beiden Zimmer auseinander. Wir riefen jeder noch den Namen des anderen, aber selbstverständlich konnten wir keinen Ton mehr hören. Nur die Mundbewegungen zeigten uns, dass ich Sianas und Siana meinen Namen aussprach.

Das Letzte was ich sah, bevor das ganze Fremdenzimmer verschwand, waren die Tränen auf Sianas Wangen. Und Siana sah wohl das gleiche, denn als ich mich schließlich umdrehte fielen einige Tropfen auf meine Arme, die ich um mich geschlungen hatte.

Alle Protagonisten

In unserer Welt

Leon	Bewohner dieser Welt
Gerald	Leons Bruder
Andrea	Geralds Ehefrau

In der Überschneidungswelt

Siana ‚Si‘	Bewohnerin jener Welt, Lehrerin
Korant	Kollege Sianas
Rotha	Direktorin an Sianas Schule
Grisea	Nachbarin Sianas
Zildis ‚Zil‘	Sianas Schwester
Ramta	Zildis Ehemann
Kaspris	ein Wissenschaftler
Sassina, Brala	weitere Nachbarinen Sianas
Kintro	Reporter

Bezeichnungen in jener Welt

Asam Krus Etwa:	Ich grüße dich
Asam Krus, Reinte	Ich grüße dich, Fremder
Sta nou renso?	Etwa: Wieso bist du hier?
Baste	so etwas ähnliches wie Gott
Virsi	Sianas Sprache
Sipru	Eine Rasse auf jener Welt
Mirsis	Sianas Planet
Koinas	Sianas Land
Broikum	Sianas Stadt
Dria	Anzahl (eine Entsprechung zu Million)
Tsilati	Anzahl (eine Entsprechung zu Tausend)
Pelesi	Zeiteinheit (in etwa Sekunde)
Ruun	Zeiteinheit (so etwas wie Jahrhundert)
Siel	Zeiteinheit (in etwa Tag)

Trinium	Periode, etwa ein Vierteljahr
Lagrin	Entfernung (in etwa Km)
Tisgrin	Entfernung (in etwa 4-5 m)
Quadragrin	Nicht ganz 2 * 2 Ellen
Toskip	eine einheimische Wildart
Seprie	ein alkoholisches (?) Getränk
Faarsenmet	ein besonders gutes (teures) Getränk
Kaspikbaum	ein einheimischer Baumverband